"And now here is my secret,

a very simple secret, It is only with

the heart that one can see rightly,

what is essential is invisible to the eye."

영어와 함께 읽는

The Little Prince
어린왕자

영어와 함께 읽는

The Little Prince
어린왕자

초판 1쇄 발행 | 2021년 9월 1일

번 역 | 정진희
감 수 | 최화경
펴낸이 | 이원호
디자인 | 디자인모노피㈜

펴낸곳 | 리나북스
등 록 | 제99-2021-000013호
주 소 | 경기도 남양주시 와부읍 덕소로97 101, 104-902
전 화 | 031)576-0959
이메일 | rinabooks@naver.com
구입문의 | rinabooks@naver.com

ISBN 979-11-974084-0-3 03840

영어와 함께 읽는

The Little Prince
어린왕자

앙투안 드 생텍쥐페리 글·그림

CONTENTS

ENGLISH ver.

KOREAN ver.

Chapter 1 · 09

#1 · 153

Chapter 2 · 13

#2 · 157

Chapter 3 · 20

#3 · 163

Chapter 4 · 25

#4 · 168

Chapter 5 · 32

#5 · 174

Chapter 6 · 39

#6 · 180

Chapter 7 · 42

#7 · 183

Chapter 8 · 48

#8 · 189

Chapter 9 · 56

#9 · 196

Chapter 10 · 60

#10 · 200

Chapter 11 · 69

#11 · 208

Chapter 12 · 72

#12 · 211

Chapter 13 · 74

#13 · 213

ENGLISH ver.	KOREAN ver.
Chapter 14 · 81	#14 · 219
Chapter 15 · 86	#15 · 224
Chapter 16 · 92	#16 · 229
Chapter 17 · 94	#17 · 232
Chapter 18 · 99	#18 · 237
Chapter 19 · 101	#19 · 239
Chapter 20 · 103	#20 · 241
Chapter 21 · 106	#21 · 244
Chapter 22 · 116	#22 · 254
Chapter 23 · 119	#23 · 257
Chapter 24 · 121	#24 · 259
Chapter 25 · 126	#25 · 264
Chapter 26 · 132	#26 · 270
Chapter 27 · 144	#27 · 282

To Leon Werth

I ask the indulgence of the children who may read this book for dedicating it to a grown-up. I have a serious reason: he is the best friend I have in the world. I have another reason: this grown-up understands everything, even books about children. I have a third reason: he lives in France where he is hungry and cold. He needs cheering up. If all these reasons are not enough, I will dedicate the book to the child from whom this grown-up grew. All grown-ups were once children-- although few of them remember it. And so I correct my dedication:

To Leon Werth
When he was a little boy

Chapter 1

Once when I was six years old, I saw a magnificent picture in a book, called True Stories from Nature, about the primeval forest. It was a picture of a boa constrictor in the act of swallowing an animal. Here is a copy of the drawing. In the book it said: "Boa constrictors swallow their prey whole, without chewing it. After that they are not able to move, and they sleep through the six months that they need for digestion."

I pondered deeply, then, over the adventures of the jungle. And after some work with a colored pencil,

I succeeded in making my first drawing. My Drawing Number One. It looked like this:

I showed my masterpiece to the grown-ups, and asked them whether the drawing frightened them.

But they answered: "Frighten? Why should anyone be frightened by a hat?"

My drawing was not a picture of a hat. It was a picture of a boa constrictor digesting an elephant. But since the grown-ups were not able to understand it, I made another drawing: I drew the inside of the boa constrictor, so that the grown-ups could see it clearly. They always need to have things explained. My Drawing Number Two looked like this:

The grown-ups response, this time, was to advise me to lay aside my drawings of boa constrictors, whether from the inside or the outside, and devote myself instead to geography, history, arithmetic and grammar. That is why, at the age of six, I gave up what might have been a magnificent career as a painter. I had been disheartened by the failure of my Drawing Number One and my Drawing Number Two. Grown-ups never understand anything by themselves, and it is tiresome for children to be always and forever explaining things to them.

So then I chose another profession, and learned to pilot airplanes. I have flown a little over all parts of the world; and it is true that geography has been very useful to me. At a glance I can distinguish China from Arizona. If one gets lost in the night, such knowledge is valuable.

In the course of this life I have had a great many encounters with a great many people who have been concerned with matters of consequence. I have lived a great deal among grown-ups. I have seen them intimately, close at hand. And that hasn't much improved my opinion of them.

Whenever I met one of them who seemed to me at all clear–sighted, I tried the experiment of showing him my Drawing Number One, which I have always kept. I would try to find out, so, if this was a person of true understanding. But whoever it was, he, or she, would always say:

"That is a hat." Then I would never talk to that person about boa constrictors, or primeval forests, or stars. I would bring myself down to his level. I would talk to him about bridge, and golf, and politics, and neckties. And the grown–up would be greatly pleased to have met such a sensible man.

Chapter 2

So I lived my life alone, without anyone that I could really talk to, until I had an accident with my plane in the Desert of Sahara, six years ago. Something was broken in my engine. And as I had with me neither a mechanic nor any passengers, I set myself to attempt the difficult repairs all alone. It was a question of life or death for me: I had scarcely enough drinking water to last a week.

The first night, then, I went to sleep on the sand, a thousand miles from any human habitation. I was more isolated than a shipwrecked sailor on a raft in the middle of the ocean. Thus you can imagine my amazement, at sunrise, when I was awakened by an odd little voice. It said:

"If you please–– draw me a sheep!"

"What!"

"Draw me a sheep!"

I jumped to my feet, completely thunderstruck. I blinked my eyes hard. I looked carefully all around me. And I saw a most extraordinary small person, who stood there examining me with great seriousness. Here you may see the best portrait that, later, I was able to make of him. But my drawing is certainly very much less

charming than its model.

That, however, is not my fault. The grown-ups discouraged me in my painter's career when I was six years old, and I never learned to draw anything, except boas from the outside and boas from the inside.

Now I stared at this sudden apparition with my eyes fairly starting out of my head in astonishment. Remember, I had crashed in the desert a thousand miles from any inhabited region. And yet my little man seemed neither to be straying uncertainly among the sands, nor to be fainting from fatigue or hunger or thirst or fear. Nothing about him gave any suggestion of a child lost in the middle of the desert, a thousand miles from any human habitation. When at last I was able to speak, I said to him:

"But— what are you doing here?"

And in answer he repeated, very slowly, as if he were speaking of a matter of great consequence:

"If you please— draw me a sheep..."

When a mystery is too overpowering, one dare not

disobey. Absurd as it might seem to me, a thousand miles from any human habitation and in danger of death, I took out of my pocket a sheet of paper and my fountain-pen. But then I remembered how my studies had been concentrated on geography, history, arithmetic, and grammar, and I told the little chap (a little crossly, too) that I did not know how to draw. He answered me:

"That doesn't matter. Draw me a sheep..."

But I had never drawn a sheep. So I drew for him one of the two pictures I had drawn so often. It was that of the boa constrictor from the outside. And I was astounded to hear the little fellow greet it with,

"No, no, no! I don't want an elephant inside a boa constrictor. A boa constrictor is a very dangerous creature, and an elephant is very cumbersome. Where I live, everything is very small. What I need is a sheep. Draw me a sheep."

So then I made a drawing.

He looked at it carefully, then he said:

"No. This sheep is already very sickly. Make me another."

So I made another drawing.

My friend smiled gently and indulgently.

"You see yourself," he said, "that this is not a sheep. This is a ram. It has horns."

So then I did my drawing over once more.

But it was rejected too, just like the others.

"This one is too old. I want a sheep that will live a long time."

By this time my patience was exhausted, because I was in a hurry to start taking my engine apart. So I tossed off this drawing.

And I threw out an explanation with it.

"This is only his box. The sheep you asked for is inside."

I was very surprised to see a light break over the face of my young judge:

"That is exactly the way I wanted it! Do you think that this sheep will have to have a great deal of grass?"

"Why?"

"Because where I live everything is very small..."

"There will surely be enough grass for him," I said.

"It is a very small sheep that I have given you."

He bent his head over the drawing:

"Not so small that–– Look! He has gone to sleep…" And that is how I made the acquaintance of the little prince.

Chapter 3

It took me a long time to learn where he came from. The little prince, who asked me so many questions, never seemed to hear the ones I asked him. It was from words dropped by chance that, little by little, everything was revealed to me. The first time he saw my airplane, for instance (I shall not draw my airplane; that would be much too complicated for me), he asked me:

"What is that object?"

"That is not an object. It flies. It is an airplane. It is my airplane."

And I was proud to have him learn that I could fly.

He cried out, then:

"What! You dropped down from the sky?"

"Yes," I answered, modestly.

"Oh! That is funny!"

And the little prince broke into a lovely peal of laughter, which irritated me very much. I like my misfortunes to be taken seriously.

Then he added:

"So you, too, come from the sky! Which is your planet?"

At that moment I caught a gleam of light in the impenetrable mystery of his presence; and I demanded, abruptly:

"Do you come from another planet?"

But he did not reply. He tossed his head gently, without taking his eyes from my plane:

"It is true that on that you can't have come from very far away..."

And he sank into a reverie, which lasted a long time.

Then, taking my sheep out of his pocket, he buried himself in the contemplation of his treasure.

You can imagine how my curiosity was aroused by this half–confidence about the "other planets."

I made a great effort, therefore, to find out more on this subject.

"My little man, where do you come from? What is this 'Where I live,' of which you speak? Where do you want to take your sheep?"

After a reflective silence he answered:

"The thing that is so good about the box you have given me is that at night he can use it as his house."

"That is so. And if you are good I will give you a string, too, so that you can tie him during the day, and a post to tie him to."

But the little prince seemed shocked by this offer:

"Tie him! What a queer idea!"

"But if you don't tie him," I said, "He will wander off somewhere, and get lost."

My friend broke into another peal of laughter:

"But where do you think he would go?"

"Anywhere. Straight ahead of him."

Then the little prince said, earnestly:

"That doesn't matter. Where I live, everything is so small!"

And, with perhaps a hint of sadness, he added:

"Straight ahead of him, nobody can go very far..."

Chapter 4

I had thus learned a second fact of great importance: this was that the planet the little prince came from was scarcely any larger than a house!

But that did not really surprise me much. I knew very well that in addition to the great planets–– such as the Earth, Jupiter, Mars, Venus–– to which we have given names, there are also hundreds of others, some of which are so small that one has a hard time seeing them through the telescope. When an astronomer discovers one of these he does not give it a name, but only a

number. He might call it, for example, "Asteroid 325."

I have serious reason to believe that the planet from which the little prince came is the asteroid known as B–612.

This asteroid has only once been seen through the telescope. That was by a Turkish astronomer, in 1909.

On making his discovery, the astronomer had

presented it to the International Astronomical Congress, in a great demonstration. But he was in Turkish costume, and so nobody would believe what he said.

Grown–ups are like that...

Fortunately, however, for the reputation of Asteroid B–612, a Turkish dictator made a law that his subjects, under pain of death, should change to European costume. So in 1920 the astronomer gave his demonstration all over again, dressed with impressive style and elegance. And this time everybody accepted his report.

If I have told you these details about the asteroid, and made a note of its number for you, it is on account of the grown–ups and their ways. When you tell them that you have made a new friend, they never ask you any questions about essential matters. They never say to you, "What does his voice sound like? What games does he love best? Does he collect butterflies?" Instead, they demand: "How old is he? How many brothers has he? How much does he weigh? How much money does his father make?" Only from these figures do they think they have learned anything about him.

If you were to say to the grown-ups: "I saw a beautiful house made of rosy brick, with geraniums in the windows and doves on the roof," they would not be able to get any idea of that house at all. You would have to say to them: "I saw a house that cost $20,000." Then they would exclaim: "Oh, what a pretty house that is!"

Just so, you might say to them: "The proof that the little prince existed is that he was charming, that he laughed, and that he was looking for a sheep. If anybody wants a sheep, that is a proof that he exists." And what good would it do to tell them that? They would shrug their shoulders, and treat you like a child. But if you said to them: "The planet he came from is Asteroid B–612," then they would be convinced, and leave you in peace from their questions.

They are like that. One must not hold it against them. Children should always show great forbearance toward grown–up people.

But certainly, for us who understand life, figures are a matter of indifference. I should have liked to begin this story in the fashion of the fairy–tales. I should have like to say: "Once upon a time there was a little prince who lived on a planet that was scarcely any bigger than himself, and who had need of a sheep..."

To those who understand life, that would have given a much greater air of truth to my story.

For I do not want anyone to read my book carelessly. I have suffered too much grief in setting down these memories. Six years have already passed since my friend went away from me, with his sheep. If I try to describe him here, it is to make sure that I shall not forget him. To forget a friend is sad. Not everyone has had a friend. And if I forget him, I may become like the grown-ups who are no longer interested in anything but figures...

It is for that purpose, again, that I have bought a box of paints and some pencils. It is hard to take up drawing again at my age, when I have never made any pictures except those of the boa constrictor from the outside and the boa constrictor from the inside, since I was six. I shall certainly try to make my portraits as true to life as possible. But I am not at all sure of success. One drawing goes along all right, and another has no resemblance to its subject. I make some errors, too, in the little prince's height: in one place he is too tall and in another too short. And I feel some doubts about the color of his costume. So I fumble along as best I can, now good, now bad, and I hope generally fair-to-middling.

In certain more important details I shall make mistakes, also. But that is something that will not be my fault. My friend never explained anything to me. He thought, perhaps, that I was like himself. But I, alas, do not know how to see sheep through the walls of boxes.

Perhaps I am a little like the grown–ups. I have had to grow old.

Chapter 5

As each day passed I would learn, in our talk, something about the little prince's planet, his departure from it, his journey. The information would come very slowly, as it might chance to fall from his thoughts. It was in this way that I heard, on the third day, about the catastrophe of the baobabs. This time, once more, I had the sheep to thank for it. For the little prince asked me abruptly–– as if seized by a grave doubt–– "It is true, isn't it, that sheep eat little bushes?" "Yes, that is true." "Ah! I am glad!" I did not understand why it was so important that sheep should eat little bushes. But the little prince added: "Then it follows that they also eat baobabs?"

I pointed out to the little prince that baobabs were not little bushes, but, on the contrary, trees as big as castles; and that even if he took a whole herd of elephants away with him, the herd would not eat up one single baobab.

The idea of the herd of elephants made the little prince laugh.

"We would have to put them one on top of the other," he said.

But he made a wise comment:

"Before they grow so big, the baobabs start out by being little."

"That is strictly correct," I said. "But why do you want the sheep to eat the little baobabs?"

He answered me at once, "Oh, come, come!", as if he were speaking of something that was self-evident. And I was obliged to make a great mental effort to solve this problem, without any assistance.

Indeed, as I learned, there were on the planet where the little prince lived-- as on all planets-- good plants and bad plants. In consequence, there were good seeds from good plants, and bad seeds from bad plants. But seeds are invisible. They sleep deep in the heart of the earth's darkness, until someone among them is seized with the desire to awaken. Then this little seed will stretch itself and begin-- timidly at first-- to push a charming little sprig inoffensively upward toward the sun. If it is only a sprout of radish or the sprig of a rose–bush, one would let it grow wherever it might wish. But when it is a bad plant, one must destroy it as soon as possible, the very first instant that one recognizes it.

Now there were some terrible seeds on the planet that was the home of the little prince; and these were the seeds of the baobab. The soil of that planet was infested with them. A baobab is something you will never, never be able to get rid of if you attend to it too late. It spreads over the entire planet. It bores clear through it with its roots. And if the planet is too small, and the baobabs are too many, they split it in pieces...

"It is a question of discipline," the little prince said to me later on. "When you've finished your own toilet in the morning, then it is time to attend to the toilet of your planet, just so, with the greatest care. You must see to it that you pull up regularly all the baobabs, at the very first moment when they can be distinguished from the rosebushes which they resemble so closely in their earliest youth. It is very tedious work," the little prince added, "But very easy."

And one day he said to me: "You ought to make a beautiful drawing, so that the children where you live can see exactly how all this is. That would be very useful to them if they were to travel some day. Sometimes," he added, "There is no harm in putting off a piece of work until another day. But when it is a matter of baobabs, that always means a catastrophe. I knew a planet that was inhabited by a lazy man. He neglected three little bushes..."

So, as the little prince described it to me, I have made a drawing of that planet. I do not much like to take the

tone of a moralist. But the danger of the baobabs is so little understood, and such considerable risks would be run by anyone who might get lost on an asteroid, that for once I am breaking through my reserve. "Children," I say plainly, "Watch out for the baobabs!"

My friends, like myself, have been skirting this danger for a long time, without ever knowing it; and so it is for them that I have worked so hard over this drawing. The lesson which I pass on by this means is worth all the trouble it has cost me.

Perhaps you will ask me, "Why are there no other drawing in this book as magnificent and impressive as this drawing of the baobabs?" The reply is simple. I have tried. But with the others I have not been successful. When I made the drawing of the baobabs, I was carried beyond myself by the inspiring force of urgent necessity.

Chapter 6

Oh, little prince! Bit by bit I came to understand the secrets of your sad little life... For a long time you had found your only entertainment in the quiet pleasure of looking at the sunset. I learned that new detail on the morning of the fourth day, when you said to me: "I am very fond of sunsets. Come, let us go look at a sunset now." "But we must wait," I said. "Wait? For what?" "For the sunset. We must wait until it is time." At first you seemed to be very much surprised. And then you laughed to yourself. You said to me:

"I am always thinking that I am at home!"

Just so. Everybody knows that when it is noon in the United States the sun is setting over France.

If you could fly to France in one minute, you could go straight into the sunset, right from noon. Unfortunately, France is too far away for that. But on your tiny planet, my little prince, all you need do is move your chair a few steps. You can see the day end and the twilight falling whenever you like...

"One day," you said to me, "I saw the sunset forty–three times!"

And a little later you added:

"You know–– one loves the sunset, when one is so sad..."

"Were you so sad, then?" I asked, "On the day of the forty–three sunsets?"

But the little prince made no reply.

Chapter 7

On the fifth day–– again, as always, it was thanks to the sheep–– the secret of the little prince's life was revealed to me. Abruptly, without anything to lead up to it, and as if the question had been born of long and silent meditation on his problem, he demanded: "A sheep–– if it eats little bushes, does it eat flowers, too?" "A sheep," I answered, "Eats anything it finds in its reach." "Even flowers that have thorns?" "Yes, even flowers that have thorns." "Then the thorns–– what use are they?"

I did not know. At that moment I was very busy trying

to unscrew a bolt that had got stuck in my engine. I was very much worried, for it was becoming clear to me that the breakdown of my plane was extremely serious. And I had so little drinking–water left that I had to fear for the worst.

"The thorns–– what use are they?"

The little prince never let go of a question, once he had asked it. As for me, I was upset over that bolt. And I answered with the first thing that came into my head:

"The thorns are of no use at all. Flowers have thorns just for spite!"

"Oh!"

There was a moment of complete silence. Then the little prince flashed back at me, with a kind of resentfulness:

"I don't believe you! Flowers are weak creatures. They are naive. They reassure themselves as best they can. They believe that their thorns are terrible weapons..."

I did not answer. At that instant I was saying to myself: "If this bolt still won't turn, I am going to knock it out with the hammer." Again the little prince disturbed my thoughts.

"And you actually believe that the flowers––"

"Oh, no!" I cried. "No, no, no! I don't believe anything. I answered you with the first thing that came into my head. Don't you see–– I am very busy with matters of consequence!"

He stared at me, thunderstruck.

"Matters of consequence!"

He looked at me there, with my hammer in my hand, my fingers black with engine–grease, bending down over an object which seemed to him extremely ugly...

"You talk just like the grown–ups!"

That made me a little ashamed. But he went on, relentlessly:

"You mix everything up together... You confuse everything..."

He was really very angry. He tossed his golden curls in the breeze.

"I know a planet where there is a certain red–faced

gentleman. He has never smelled a flower. He has never looked at a star. He has never loved anyone. He has never done anything in his life but add up figures. And all day he says over and over, just like you: 'I am busy with matters of consequence!' And that makes him swell up with pride. But he is not a man–– he is a mushroom!"

"A what?"

"A mushroom!"

The little prince was now white with rage.

"The flowers have been growing thorns for millions of years. For millions of years the sheep have been eating them just the same. And is it not a matter of consequence to try to understand why the flowers go to so much trouble to grow thorns which are never of any use to them? Is the warfare between the sheep and the flowers not important? Is this not of more consequence than a fat red–faced gentleman's sums? And if I know–– I, myself–– one flower which is unique in the world, which grows nowhere but on my planet, but which one little sheep can destroy in a single bite some morning, without even noticing what he is doing–– Oh! You think that is not important!"

His face turned from white to red as he continued:

"If someone loves a flower, of which just one single blossom grows in all the millions and millions of stars, it is enough to make him happy just to look at the stars. He can say to himself, 'Somewhere, my flower is there...' But if the sheep eats the flower, in one moment all his stars will be darkened... And you think that is not important!"

He could not say anything more. His words were choked by sobbing.

The night had fallen. I had let my tools drop from my hands. Of what moment now was my hammer, my bolt, or thirst, or death? On one star, one planet, my planet, the Earth, there was a little prince to be comforted. I took him in my arms, and rocked him. I said to him:

"The flower that you love is not in danger. I will draw you a muzzle for your sheep. I will draw you a railing to put around your flower. I will––"

I did not know what to say to him. I felt awkward and blundering. I did not know how I could reach him, where I could overtake him and go on hand in hand with him once more.

It is such a secret place, the land of tears.

Chapter 8

I soon learned to know this flower better. On the little prince's planet the flowers had always been very simple. They had only one ring of petals; they took up no room at all; they were a trouble to nobody. One morning they would appear in the grass, and by night they would have faded peacefully away. But one day, from a seed blown from no one knew where, a new flower had come up; and the little prince had watched very closely over this small sprout which was not like any other small sprouts on his planet. It might, you see, have been a new kind of baobab.

The shrub soon stopped growing, and began to get ready to produce a flower. The little prince, who was present at the first appearance of a huge bud, felt at once that some sort of miraculous apparition must emerge from it. But the flower was not satisfied to complete the preparations for her beauty in the shelter of her green chamber. She chose her colours with the greatest care. She adjusted her petals one by one. She did not wish to

go out into the world all rumpled, like the field poppies. It was only in the full radiance of her beauty that she wished to appear. Oh, yes! She was a coquettish creature! And her mysterious adornment lasted for days and days.

Then one morning, exactly at sunrise, she suddenly showed herself.

And, after working with all this painstaking precision, she yawned and said:

"Ah! I am scarcely awake. I beg that you will excuse me. My petals are still all disarranged..."

But the little prince could not restrain his admiration:

"Oh! How beautiful you are!"

"Am I not?" the flower responded, sweetly. "And I was born at the same moment as the sun..."

The little prince could guess easily enough that she was not any too modest-- but how moving-- and exciting-- she was!

"I think it is time for breakfast," she added an instant later. "If you would have the kindness to think of my needs--"

And the little prince, completely abashed, went to look for a sprinkling–can of fresh water. So, he tended the flower.

So, too, she began very quickly to torment him with her vanity–– which was, if the truth be known, a little difficult to deal with. One day, for instance, when she was speaking of her four thorns, she said to the little prince:

"Let the tigers come with their claws!"

"There are no tigers on my planet," the little prince objected. "And, anyway, tigers do not eat weeds."

"I am not a weed," the flower replied, sweetly.

"Please excuse me..."

"I am not at all afraid of tigers," she went on, "But I have a horror of drafts. I suppose you wouldn't have a screen for me?"

"A horror of drafts–– that is bad luck, for a plant," remarked the little prince, and added to himself, "This flower is a very complex creature..."

"At night I want you to put me under a glass globe. It is very cold where you live. In the place I came from——"

But she interrupted herself at that point. She had come in the form of a seed. She could not have known anything of any other worlds. Embarrassed over having let herself be caught on the verge of such a naive untruth, she coughed two or three times, in order to put the little prince in the wrong.

"The screen?"

"I was just going to look for it when you spoke to me..."

Then she forced her cough a little more so that he should suffer from remorse just the same.

So the little prince, in spite of all the good will that was inseparable from his love, had soon come to doubt her. He had taken seriously words which were without importance, and it made him very unhappy.

"I ought not to have listened to her," he confided to me one day. "One never ought to listen to the flowers. One should simply look at them and breathe their fragrance. Mine perfumed all my planet. But I did not know how to take pleasure in all her grace. This tale of claws, which disturbed me so much, should only have filled my heart with tenderness and pity."

And he continued his confidences:

"The fact is that I did not know how to understand anything! I ought to have judged by deeds and not by words. She cast her fragrance and her radiance over me. I ought never to have run away from her... I ought to have guessed all the affection that lay behind her poor little stratagems. Flowers are so inconsistent! But I was too young to know how to love her..."

Chapter 9

I believe that for his escape he took advantage of the migration of a flock of wild birds. On the morning of his departure he put his planet in perfect order. He carefully cleaned out his active volcanoes. He possessed two active volcanoes; and they were very convenient for heating his breakfast in the morning. He also had one volcano that was extinct. But, as he said, "One never knows!" So he cleaned out the extinct volcano, too. If they are well cleaned out, volcanoes burn slowly and steadily, without any eruptions. Volcanic eruptions are like fires in a chimney. On our earth we are obviously much too small to clean out our volcanoes. That is why they bring no end of trouble upon us.

The little prince also pulled up, with a certain sense of dejection, the last little shoots of the baobabs. He believed that he would never want to return. But on this last morning all these familiar tasks seemed very precious to him. And when he watered the flower for the last time, and prepared to place her under the shelter of her glass globe, he realized that he was very close to tears.

"Goodbye," he said to the flower.

But she made no answer.

"Goodbye," he said again.

The flower coughed. But it was not because she had a cold.

"I have been silly," she said to him, at last. "I ask your forgiveness. Try to be happy..."

He was surprised by this absence of reproaches. He stood there all bewildered, the glass globe held arrested in mid-air. He did not understand this quiet sweetness.

"Of course, I love you," the flower said to him. "It is my fault that you have not known it all the while. That is of no importance. But you-- you have been just as foolish as I. Try to be happy... let the glass globe be. I don't want it anymore."

"But the wind--"

"My cold is not so bad as all that... the cool night air will do me good. I am a flower."

"But the animals--"

"Well, I must endure the presence of two or three caterpillars if I wish to become acquainted with the butterflies. It seems that they are very beautiful. And if not the butterflies-- and the caterpillars-- who will call upon me? You will be far away... as for the large animals-- I am not at all afraid of any of them. I have my claws."

And, naively, she showed her four thorns. Then she added:

"Don't linger like this. You have decided to go away. Now go!"

For she did not want him to see her crying. She was such a proud flower...

Chapter 10

He found himself in the neighborhood of the asteroids 325, 326, 327, 328, 329, and 330. He began, therefore, by visiting them, in order to add to his knowledge.

The first of them was inhabited by a king. Clad in royal purple and ermine, he was seated upon a throne which was at the same time both simple and majestic.

"Ah! Here is a subject," exclaimed the king, when he saw the little prince coming.

And the little prince asked himself:

"How could he recognize me when he had never seen me before?"

He did not know how the world is simplified for kings. To them, all men are subjects.

"Approach, so that I may see you better," said the king, who felt consumingly proud of being at last a king over somebody.

The little prince looked everywhere to find a place to sit down; but the entire planet was crammed and obstructed by the king's magnificent ermine robe. So he remained standing upright, and, since he was tired, he yawned.

"It is contrary to etiquette to yawn in the presence of a king," the monarch said to him. "I forbid you to do so."

"I can't help it. I can't stop myself," replied the little prince, thoroughly embarrassed. "I have come on a long journey, and I have had no sleep..."

"Ah, then," the king said. "I order you to yawn. It is years since I have seen anyone yawning. Yawns, to me, are objects of curiosity. Come, now! Yawn again! It is an order."

"That frightens me... I cannot, any more..." murmured the little prince, now completely abashed.

"Hum! Hum!" replied the king. "Then I–– I order you sometimes to yawn and sometimes to––"

He sputtered a little, and seemed vexed.

For what the king fundamentally insisted upon was that his authority should be respected. He tolerated no disobedience. He was an absolute monarch. But, because he was a very good man, he made his orders reasonable.

"If I ordered a general," he would say, by way of example, "If I ordered a general to change himself into a sea bird, and if the general did not obey me, that would not be the fault of the general. It would be my fault."

"May I sit down?" came now a timid inquiry from the little prince.

"I order you to do so," the king answered him, and majestically gathered in a fold of his ermine mantle.

But the little prince was wondering... The planet was tiny. Over what could this king really rule?

"Sire," he said to him, "I beg that you will excuse my asking you a question––"

"I order you to ask me a question," the king hastened to assure him.

"Sire–– over what do you rule?"

"Over everything," said the king, with magnificent simplicity.

"Over everything?"

The king made a gesture, which took in his planet, the other planets, and all the stars.

"Over all that?" asked the little prince.

"Over all that," the king answered.

For his rule was not only absolute: it was also universal.

"And the stars obey you?"

"Certainly they do," the king said. "They obey instantly. I do not permit insubordination."

Such power was a thing for the little prince to marvel at. If he had been mastering of such complete authority, he would have been able to watch the sunset, not forty-three times in one day, but seventy-two, or even a hundred, or even two hundred times, without ever having to move his chair. And because he felt a bit sad as he remembered his little planet which he had forsaken, he plucked up his courage to ask the king a favor:

"I should like to see a sunset... do me that kindness... Order the sun to set..."

"If I ordered a general to fly from one flower to another like a butterfly, or to write a tragic drama, or to change himself into a sea bird, and if the general did not carry out the order that he had received, which one of us would be in the wrong?" the king demanded. "The general, or myself?"

"You," said the little prince firmly.

"Exactly. One much require from each one the duty which each one can perform," the king went on. "Accepted authority rests first of all on reason. If you ordered your people to go and throw themselves into the sea, they would rise up in revolution. I have the right to require obedience because my orders are reasonable."

"Then my sunset?" the little prince reminded him: for he never forgot a question once he had asked it.

"You shall have your sunset. I shall command it. But, according to my science of government, I shall wait until conditions are favorable."

"When will that be?" inquired the little prince.

"Hum! Hum!" replied the king; and before saying anything else he consulted a bulky almanac. "Hum! Hum! That will be about-- about-- that will be this evening about twenty minutes to eight. And you will see how well I am obeyed."

The little prince yawned. He was regretting his lost sunset. And then, too, he was already beginning to be a little bored.

"I have nothing more to do here," he said to the king. "So I shall set out on my way again."

"Do not go," said the king, who was very proud of

having a subject. "Do not go. I will make you a Minister!"

"Minister of what?"

"Minster of–– of Justice!"

"But there is nobody here to judge!"

"We do not know that," the king said to him. "I have not yet made a complete tour of my kingdom. I am very old. There is no room here for a carriage. And it tires me to walk."

"Oh, but I have looked already!" said the little prince, turning around to give one more glance to the other side of the planet. On that side, as on this, there was nobody at all...

"Then you shall judge yourself," the king answered. "That is the most difficult thing of all. It is much more difficult to judge oneself than to judge others. If you succeed in judging yourself rightly, then you are indeed a man of true wisdom."

"Yes," said the little prince, "But I can judge myself anywhere. I do not need to live on this planet."

"Hum! Hum!" said the king. "I have good reason to

believe that somewhere on my planet there is an old rat. I hear him at night. You can judge this old rat. From time to time you will condemn him to death. Thus his life will depend on your justice. But you will pardon him on each occasion; for he must be treated thriftily. He is the only one we have."

"I," replied the little prince, "Do not like to condemn anyone to death. And now I think I will go on my way."

"No." said the king.

But the little prince, having now completed his preparations for departure, had no wish to grieve the old monarch.

"If Your Majesty wishes to be promptly obeyed," he said, "He should be able to give me a reasonable order. He should be able, for example, to order me to be gone by the end of one minute. It seems to me that conditions are favorable..."

As the king made no answer, the little prince hesitated a moment. Then, with a sigh, he took his leave.

"I made you my Ambassador," the king called out,

hastily.

He had a magnificent air of authority.

"The grown–ups are very strange," the little prince said to himself, as he continued on his journey.

Chapter 11

The second planet was inhabited by a conceited man.

"Ah! Ah! I am about to receive a visit from an admirer!" He exclaimed from afar, when he first saw the little prince coming.

For, to conceited men, all other men are admirers.

"Good morning," said the little prince. "That is a queer hat you are wearing."

"It is a hat for salutes," the conceited man replied. "It is to raise in salute when people acclaim me.

Unfortunately, nobody at all ever passes this way."

"Yes?" said the little prince, who did not understand what the conceited man was talking about.

"Clap your hands, one against the other," the conceited man now directed him.

The little prince clapped his hands. The conceited man raised his hat in a modest salute.

"This is more entertaining than the visit to the king," the little prince said to himself. And he began again to clap his hands, one against the other. The conceited man against raised his hat in salute.

After five minutes of this exercise the little prince grew tired of the game's monotony.

"And what should one do to make the hat come down?" he asked.

But the conceited man did not hear him. Conceited people never hear anything but praise.

"Do you really admire me very much?" he demanded of the little prince.

"What does that mean–– 'admire'?"

"To admire mean that you regard me as the handsomest, the best–dressed, the richest, and the most intelligent man on this planet."

"But you are the only man on your planet!"

"Do me this kindness. Admire me just the same."

"I admire you," said the little prince, shrugging his shoulders slightly, "but what is there in that to interest you so much?"

And the little prince went away.

"The grown–ups are certainly very odd," he said to himself, as he continued on his journey.

Chapter 12

The next planet was inhabited by a tippler. This was a very short visit, but it plunged the little prince into deep dejection.

"What are you doing there?" he said to the tippler, whom he found settled down in silence before a collection of empty bottles and also a collection of full bottles.

"I am drinking," replied the tippler, with a lugubrious air.

"Why are you drinking?" demanded the little prince.

"So that I may forget," replied the tippler.

"Forget what?" inquired the little prince, who already was sorry for him.

"Forget that I am ashamed," the tippler confessed, hanging his head.

"Ashamed of what?" insisted the little prince, who wanted to help him.

"Ashamed of drinking!" The tippler brought his speech to an end, and shut himself up in an impregnable silence.

And the little prince went away, puzzled.

"The grown–ups are certainly very, very odd," he said to himself, as he continued on his journey.

Chapter 13

The fourth planet belonged to a businessman. This man was so much occupied that he did not even raise his head at the little prince's arrival. "Good morning," the little prince said to him. "Your cigarette has gone out."

"Three and two make five. Five and seven make twelve. Twelve and three make fifteen. Good morning. Fifteen and seven make twenty–two. Twenty–two and six make twenty–eight. I haven't time to light it again. Twenty–six and five make thirty–one. Phew! Then that makes five–hundred–and–one–million, six–hundred–twenty–two–

thousand, seven–hundred–thirty–one."

"Five hundred million what?" asked the little prince.

"Eh? Are you still there? Five–hundred–and–one million–– I can't stop... I have so much to do! I am concerned with matters of consequence. I don't amuse myself with balderdash. Two and five make seven..."

"Five–hundred–and–one million what?" repeated the little prince, who never in his life had let go of a question once he had asked it.

The businessman raised his head.

"During the fifty–four years that I have inhabited this planet, I have been disturbed only three times. The first time was twenty–two years ago, when some giddy goose fell from goodness knows where. He made the most frightful noise that resounded all over the place, and I made four mistakes in my addition. The second time, eleven years ago, I was disturbed by an attack of rheumatism. I don't get enough exercise. I have no time for loafing. The third time–– well, this is it! I was saying, then, five –hundred–and–one millions––"

"Millions of what?"

The businessman suddenly realized that there was no hope of being left in peace until he answered this question.

"Millions of those little objects," he said, "Which one sometimes sees in the sky."

"Flies?"

"Oh, no. Little glittering objects."

"Bees?"

"Oh, no. Little golden objects that set lazy men to idle dreaming. As for me, I am concerned with matters of consequence. There is no time for idle dreaming in my life."

"Ah! You mean the stars?"

"Yes, that's it. The stars."

"And what do you do with five-hundred millions of stars?"

"Five-hundred-and-one million, six-hundred-twenty-two thousand, seven-hundred-thirty-one. I am concerned with matters of consequence: I am accurate."

"And what do you do with these stars?"

"What do I do with them?"

"Yes."

"Nothing. I own them."

"You own the stars?"

"Yes."

"But I have already seen a king who––"

"Kings do not own, they reign over. It is a very different matter."

"And what good does it do you to own the stars?"

"It does me the good of making me rich."

"And what good does it do you to be rich?"

"It makes it possible for me to buy more stars, if any are ever discovered."

"This man," the little prince said to himself, "Reasons a little like my poor tippler..."

Nevertheless, he still had some more questions.

"How is it possible for one to own the stars?"

"To whom do they belong?" the businessman retorted, peevishly.

"I don't know. To nobody."

"Then they belong to me, because I was the first person to think of it."

"Is that all that is necessary?"

"Certainly. When you find a diamond that belongs to nobody, it is yours. When you discover an island that belongs to nobody, it is yours. When you get an idea before anyone else, you take out a patent on it: it is yours. So with me: I own the stars, because nobody else before me ever thought of owning them."

"Yes, that is true," said the little prince. "And what do you do with them?"

"I administer them," replied the businessman. "I count them and recount them. It is difficult. But I am a man who is naturally interested in matters of consequence."

The little prince was still not satisfied.

"If I owned a silk scarf," he said, "I could put it around my neck and take it away with me. If I owned a flower, I could pluck that flower and take it away with me. But you cannot pluck the stars from heaven..."

"No. But I can put them in the bank."

"Whatever does that mean?"

"That means that I write the number of my stars on a little paper. And then I put this paper in a drawer and lock it with a key."

"And that is all?"

"That is enough," said the businessman.

"It is entertaining," thought the little prince. "It is rather poetic. But it is of no great consequence."

On matters of consequence, the little prince had ideas which were very different from those of the grown-ups.

"I myself own a flower," he continued his conversation with the businessman, "Which I water every day. I own three volcanoes, which I clean out every week (for I also clean out the one that is extinct; one never knows). It is of some use to my volcanoes, and it is of some use to my flower, that I own them. But you are of no use to the stars..."

The businessman opened his mouth, but he found nothing to say in answer. And the little prince went away.

"The grown–ups are certainly altogether extraordinary," he said simply, talking to himself as he continued on his journey.

Chapter 14

The fifth planet was very strange. It was the smallest of all. There was just enough room on it for a street lamp and a lamplighter. The little prince was not able to reach any explanation of the use of a street lamp and a lamplighter, somewhere in the heavens, on a planet which had no people, and not one house. But he said to himself, nevertheless: "It may well be that this man is absurd. But he is not so absurd as the king, the conceited man, the businessman, and the tippler. For at least his work has some meaning. When he lights his street lamp, it is as if he brought one more star to life, or one flower. When he puts out his lamp, he sends the flower, or the star, to sleep. That is a beautiful occupation. And since it is beautiful, it is truly useful."

When he arrived on the planet he respectfully saluted the lamplighter.

"Good morning. Why have you just put out your lamp?"

"Those are the orders," replied the lamplighter. "Good morning."

"What are the orders?"

"The orders are that I put out my lamp. Good evening."

And he lighted his lamp again.

"But why have you just lighted it again?"

"Those are the orders," replied the lamplighter.

"I do not understand," said the little prince.

"There is nothing to understand," said the lamplighter. "Orders are orders. Good morning."

And he put out his lamp.

Then he mopped his forehead with a handkerchief decorated with red squares.

"I follow a terrible profession. In the old days it was reasonable. I put the lamp out in the morning, and in the evening I lighted it again. I had the rest of the day for relaxation and the rest of the night for sleep."

"And the orders have been changed since that time?"

"The orders have not been changed," said the lamplighter. "That is the tragedy! From year to year the planet has turned more rapidly and the orders have not been changed!"

"Then what?" asked the little prince.

"Then—— the planet now makes a complete turn every minute, and I no longer have a single second for repose. Once every minute I have to light my lamp and put it out!"

"That is very funny! A day lasts only one minute, here where you live!"

"It is not funny at all!" said the lamplighter. "While we have been talking together a month has gone by."

"A month?"

"Yes, a month. Thirty minutes. Thirty days. Good evening."

And he lighted his lamp again.

As the little prince watched him, he felt that he loved this lamplighter who was so faithful to his orders. He remembered the sunsets which he himself had gone to seek, in other days, merely by pulling up his chair; and he wanted to help his friend.

"You know," he said, "I can tell you a way you can rest whenever you want to..."

"I always want to rest," said the lamplighter.

For it is possible for a man to be faithful and lazy at the same time.

The little prince went on with his explanation:

"Your planet is so small that three strides will take you all the way around it. To be always in the sunshine, you need only walk along rather slowly. When you want to rest, you will walk–– and the day will last as long as you like."

"That doesn't do me much good," said the lamplighter. "The one thing I love in life is to sleep."

"Then you're unlucky," said the little prince.

"I am unlucky," said the lamplighter.

"Good morning."

And he put out his lamp.

"That man," said the little prince to himself, as he continued farther on his journey, "That man would be scorned by all the others: by the king, by the conceited man, by the tippler, by the businessman. Nevertheless he is the only one of them all who does not seem to me ridiculous. Perhaps that is because he is thinking of something else besides himself."

He breathed a sigh of regret, and said to himself, again:

"That man is the only one of them all whom I could have made my friend. But his planet is indeed too small. There is no room on it for two people..."

What the little prince did not dare confess was that he was sorry most of all to leave this planet, because it was blest every day with 1,440 sunsets!

Chapter 15

The sixth planet was ten times larger than the last one. It was inhabited by an old gentleman who wrote voluminous books.

"Oh, look! Here is an explorer!" he exclaimed to himself when he saw the little prince coming.

The little prince sat down on the table and panted a little. He had already traveled so much and so far!

"Where do you come from?" the old gentleman said to him.

"What is that big book?" said the little prince. "What are you doing?"

"I am a geographer," the old gentleman said to him.

"What is a geographer?" asked the little prince.

"A geographer is a scholar who knows the location of all the seas, rivers, towns, mountains, and deserts."

"That is very interesting," said the little prince. "Here at last is a man who has a real profession!" And he cast a look around him at the planet of the geographer. It was the most magnificent and stately planet that he had ever seen.

"Your planet is very beautiful," he said. "Has it any oceans?"

"I couldn't tell you," said the geographer.

"Ah!" The little prince was disappointed. "Has it any mountains?"

"I couldn't tell you," said the geographer.

"And towns, and rivers, and deserts?"

"I couldn't tell you that, either."

"But you are a geographer!"

"Exactly," the geographer said. "But I am not an explorer. I haven't a single explorer on my planet. It is not the geographer who goes out to count the towns, the rivers, the mountains, the seas, the oceans, and the deserts. The geographer is much too important to go loafing about. He does not leave his desk. But he receives the explorers in his study. He asks them questions, and he notes down what they recall of their travels. And if the recollections of any one among them seem interesting to him, the geographer orders an inquiry into that explorer's moral character."

"Why is that?"

"Because an explorer who told lies would bring disaster on the books of the geographer. So would an explorer who drank too much."

"Why is that?" asked the little prince.

"Because intoxicated men see double. Then the geographer would note down two mountains in a place where there was only one."

"I know someone," said the little prince, "Who would

make a bad explorer."

"That is possible. Then, when the moral character of the explorer is shown to be good, an inquiry is ordered into his discovery."

"One goes to see it?"

"No. That would be too complicated. But one requires the explorer to furnish proofs. For example, if the discovery in question is that of a large mountain, one requires that large stones be brought back from it."

The geographer was suddenly stirred to excitement.

"But you-- you come from far away! You are an explorer! You shall describe your planet to me!"

And, having opened his big register, the geographer sharpened his pencil. The recitals of explorers are put down first in pencil. One waits until the explorer has furnished proofs, before putting them down in ink.

"Well?" said the geographer expectantly.

"Oh, where I live," said the little prince, "It is not very interesting. It is all so small. I have three volcanoes. Two volcanoes are active and the other is extinct. But one never knows."

"One never knows," said the geographer.

"I have also a flower."

"We do not record flowers," said the geographer.

"Why is that? The flower is the most beautiful thing on my planet!"

"We do not record them," said the geographer,

"Because they are ephemeral."

"What does that mean–– 'ephemeral'?"

"Geographies," said the geographer, "Are the books which, of all books, are most concerned with matters of consequence. They never become old–fashioned. It is very rarely that a mountain changes its position. It is very rarely that an ocean empties itself of its waters. We write of eternal things."

"But extinct volcanoes may come to life again," the little prince interrupted.

"What does that mean–– 'ephemeral'?"

"Whether volcanoes are extinct or alive, it comes to the same thing for us," said the geographer.

"The thing that matters to us is the mountain. It does not change."

"But what does that mean–– 'ephemeral'?" repeated the little prince, who never in his life had let go of a question, once he had asked it.

"It means, 'which is in danger of speedy disappearance.'"

"Is my flower in danger of speedy disappearance?"

"Certainly it is."

"My flower is ephemeral," the little prince said to himself, "And she has only four thorns to defend herself against the world. And I have left her on my planet, all alone!"

That was his first moment of regret. But he took courage once more.

"What place would you advise me to visit now?" he asked.

"The planet Earth," replied the geographer. "It has a good reputation."

And the little prince went away, thinking of his flower.

Chapter 16

So then the seventh planet was the Earth.

The Earth is not just an ordinary planet! One can count, there 111 kings (not forgetting, to be sure, the Negro kings among them), 7,000 geographers, 900,000 businessmen, 7,500,000 tipplers, 311,000,000 conceited men–– that is to say, about 2,000,000,000 grown–ups.

To give you an idea of the size of the Earth, I will tell you that before the invention of electricity it was necessary to maintain, over the whole of the six continents, a veritable army of 462,511 lamplighters for the street lamps.

Seen from a slight distance, that would make a splendid spectacle. The movements of this army would be regulated like those of the ballet in the opera. First would come the turn of the lamplighters of New Zealand and Australia. Having set their lamps alight, these would go off to sleep. Next, the lamplighters of China and Siberia would enter for their steps in the dance, and then they too would be waved back into the wings. After that would come the turn of the lamplighters of Russia and the Indies; then those of Africa and Europe, then those of South America; then those of South America; then those of North America. And never would they make a mistake in the order of their entry upon the stage. It would be magnificent.

Only the man who was in charge of the single lamp at the North Pole, and his colleague who was responsible for the single lamp at the South Pole–– only these two would live free from toil and care: they would be busy twice a year.

Chapter 17

When one wishes to play the wit, he sometimes wanders a little from the truth. I have not been altogether honest in what I have told you about the lamplighters. And I realize that I run the risk of giving a false idea of our planet to those who do not k now it. Men occupy a very small place upon the Earth. If the two billion inhabitants who people its surface were all to stand upright and somewhat crowded together, as they do for some big public assembly, they could easily be put into one public square twenty miles long and twenty miles wide. All humanity could be piled up on a small Pacific islet.

The grown-ups, to be sure, will not believe you when you tell them that. They imagine that they fill a great deal of space. They fancy themselves as important as the baobabs. You should advise them, then, to make their own calculations. They adore figures, and that will please them. But do not waste your time on this extra task. It is unnecessary. You have, I know, confidence in me.

When the little prince arrived on the Earth, he was very much surprised not to see any people. He was beginning

to be afraid he had come to the wrong planet, when a coil of gold, the color of the moonlight, flashed across the sand.

"Good evening," said the little prince courteously.

"Good evening," said the snake.

"What planet is this on which I have come down?" asked the little prince.

"This is the Earth; this is Africa," the snake answered.

"Ah! Then there are no people on the Earth?"

"This is the desert. There are no people in the desert. The Earth is large," said the snake.

The little prince sat down on a stone, and raised his eyes toward the sky.

"I wonder," he said, "Whether the stars are set alight in heaven so that one day each one of us may find his own again... Look at my planet. It is right there above us. But how far away it is!"

"It is beautiful," the snake said. "What has brought you here?"

"I have been having some trouble with a flower," said

the little prince.

"Ah!" said the snake.

And they were both silent.

"Where are the men?" the little prince at last took up the conversation again. "It is a little lonely in the desert..."

"It is also lonely among men," the snake said.

The little prince gazed at him for a long time.

"You are a funny animal," he said at last. "You are no thicker than a finger..."

"But I am more powerful than the finger of a king," said the snake.

The little prince smiled.

"You are not very powerful. You haven't even any feet. You cannot even travel..."

"I can carry you farther than any ship could take you," said the snake.

He twined himself around the little prince's ankle, like a golden bracelet.

"Whomever I touch, I send back to the earth from whence he came," the snake spoke again. "But you are innocent and true, and you come from a star..."

The little prince made no reply.

"You move me to pity–– you are so weak on this Earth made of granite," the snake said. "I can help you, some day, if you grow too homesick for your own planet. I can––"

"Oh! I understand you very well," said the little prince. "But why do you always speak in riddles?"

"I solve them all," said the snake.

And they were both silent.

Chapter 18

The little prince crossed the desert and met with only one flower. It was a flower with three petals, a flower of no account at all.

"Good morning," said the little prince.

"Good morning," said the flower.

"Where are the men?" the little prince asked, politely.

The flower had once seen a caravan passing.

"Men?" she echoed. "I think there are six or seven of them in existence. I saw them, several years ago. But one never knows where to find them. The wind blows them away. They have no roots, and that makes their life very difficult."

"Goodbye," said the little prince.

"Goodbye," said the flower.

Chapter 19

After that, the little prince climbed a high mountain. The only mountains he had ever known were the three volcanoes, which came up to his knees. And he used the extinct volcano as a footstool. "From a mountain as high as this one," he said to himself, "I shall be able to see the whole planet at one glance, and all the people..."

But he saw nothing, save peaks of rock that were sharpened like needles.

"Good morning," he said courteously.

"Good morning––Good morning––Good morning," answered the echo.

"Who are you?" said the little prince.

"Who are you––Who are you––Who are you?" answered the echo.

"Be my friends. I am all alone," he said.

"I am all alone––all alone––all alone," answered the echo.

"What a queer planet!" he thought. "It is altogether dry, and altogether pointed, and altogether harsh and forbidding. And the people have no imagination. They repeat whatever one says to them... On my planet I had a flower; she always was the first to speak..."

Chapter 20

But it happened that after walking for a long time through sand, and rocks, and snow, the little prince at last came upon a road. And all roads lead to the abodes of men.

"Good morning," he said.

He was standing before a garden, all a–bloom with roses.

"Good morning," said the roses.

The little prince gazed at them. They all looked like his flower.

"Who are you?" he demanded, thunderstruck.

"We are roses," the roses said.

And he was overcome with sadness. His flower had told him that she was the only one of her kind in all the universe. And here were five thousand of them, all alike, in one single garden!

"She would be very much annoyed," he said to himself, "If she should see that... she would cough most dreadfully, and she would pretend that she was dying, to avoid being laughed at. And I should be obliged to pretend that I was nursing her back to life–– for if I did not do that, to humble myself also, she would really allow herself to die..."

Then he went on with his reflections: "I thought that I was rich, with a flower that was unique in all the world; and all I had was a common rose. A common rose, and three volcanoes that come up to my knees–– and one of them perhaps extinct forever... that doesn't make me a very great prince..."

And he lay down in the grass and cried.

Chapter 21

It was then that the fox appeared.

"Good morning," said the fox.

"Good morning," the little prince responded politely, although when he turned around he saw nothing.

"I am right here," the voice said, "Under the apple tree."

"Who are you?" asked the little prince, and added, "You are very pretty to look at."

"I am a fox," said the fox.

"Come and play with me," proposed the little prince. "I am so unhappy."

"I cannot play with you," the fox said. "I am not tamed."

"Ah! Please excuse me," said the little prince.

But, after some thought, he added:

"What does that mean–– 'tame'?"

"You do not live here," said the fox. "What is it that you are looking for?"

"I am looking for men," said the little prince. "What does that mean–– 'tame'?"

"Men," said the fox. "They have guns, and they hunt. It is very disturbing. They also raise chickens. These are their only interests. Are you looking for chickens?"

"No," said the little prince. "I am looking for friends. What does that mean–– 'tame'?"

"It is an act too often neglected," said the fox. It means to establish ties."

"'To establish ties'?"

"Just that," said the fox. "To me, you are still nothing more than a little boy who is just like a hundred thousand other little boys. And I have no need of you. And you, on your part, have no need of me. To you, I am

nothing more than a fox like a hundred thousand other foxes. But if you tame me, then we shall need each other. To me, you will be unique in all the world. To you, I shall be unique in all the world..."

"I am beginning to understand," said the little prince. "There is a flower... I think that she has tamed me..."

"It is possible," said the fox. "On the Earth one sees all sorts of things."

"Oh, but this is not on the Earth!" said the little prince.

The fox seemed perplexed, and very curious.

"On another planet?"

"Yes."

"Are there hunters on this planet?"

"No."

"Ah, that is interesting! Are there chickens?"

"No."

"Nothing is perfect," sighed the fox.

But he came back to his idea.

"My life is very monotonous," the fox said. "I hunt chickens; men hunt me. All the chickens are just alike, and all the men are just alike. And, in consequence, I am a little bored. But if you tame me, it will be as if the sun came to shine on my life. I shall know the sound of a step that will be different from all the others. Other steps send me hurrying back underneath the ground. Yours will call me, like music, out of my burrow. And then look: you see the grain–fields down yonder? I do not eat bread. Wheat is of no use to me. The wheat fields have nothing to say to me. And that is sad. But you have hair that is the colour of gold. Think how wonderful that will be when you have tamed me! The grain, which is also golden, will bring me back the thought of you. And I shall love to listen to the wind in the wheat..."

The fox gazed at the little prince, for a long time.

"Please–– tame me!" he said.

"I want to, very much," the little prince replied. "But I have not much time. I have friends to discover, and a great many things to understand."

"One only understands the things that one tames," said the fox. "Men have no more time to understand anything. They buy things already made at the shops. But there is no shop anywhere where one can buy friendship, and so men have no friends any more. If you want a friend, tame me..."

"What must I do, to tame you?" asked the little prince.

"You must be very patient," replied the fox. "First you

will sit down at a little distance from me-- like that-- in the grass. I shall look at you out of the corner of my eye, and you will say nothing. Words are the source of misunderstandings. But you will sit a little closer to me, every day..."

The next day the little prince came back.

"It would have been better to come back at the same hour," said the fox. "If, for example, you come at four o'clock in the afternoon, then at three o'clock I shall begin to be happy. I shall feel happier and happier as the hour advances. At four o'clock, I shall already be worrying and jumping about. I shall show you how happy I am! But if you come at just any time, I shall never know at what hour my heart is to be ready to greet you... One must observe the proper rites..."

"What is a rite?" asked the little prince.

"Those also are actions too often neglected," said the fox. "They are what make one day different from other days, one hour from other hours. There is a rite, for example, among my hunters. Every Thursday they dance with the village girls. So Thursday is a wonderful day for me! I can take a walk as far as the vineyards. But if the hunters danced at just any time, every day would be like every other day, and I should never have any vacation at all."

So the little prince tamed the fox. And when the hour of his departure drew near––

"Ah," said the fox, "I shall cry."

"It is your own fault," said the little prince. "I never wished you any sort of harm; but you wanted me to tame you..."

"Yes, that is so," said the fox.

"But now you are going to cry!" said the little prince.

"Yes, that is so," said the fox.

"Then it has done you no good at all!"

"It has done me good," said the fox, "Because of the color of the wheat fields." And then he added:

"Go and look again at the roses. You will understand now that yours is unique in all the world. Then come back to say goodbye to me, and I will make you a present of a secret."

The little prince went away, to look again at the roses.

"You are not at all like my rose," he said. "As yet you are nothing. No one has tamed you, and you have tamed no one. You are like my fox when I first knew him. He was only a fox like a hundred thousand other foxes. But I have made him my friend, and now he is unique in all the world."

And the roses were very much embarrassed.

"You are beautiful, but you are empty," he went on. "One could not die for you. To be sure, an ordinary passerby would think that my rose looked just like you–– the rose that belongs to me. But in herself alone she is more important than all the hundreds of you other roses: because it is she that I have watered; because it is she that I have put under the glass globe; because it is she that I have sheltered behind the screen; because it is for her that I have killed the caterpillars (except the two or three that we saved to become butterflies); because it is she that I have listened to, when she grumbled, or boasted, or even sometimes when she said nothing. Because she is my rose."

And he went back to meet the fox.

"Goodbye," he said.

"Goodbye," said the fox. "And now here is my secret, a very simple secret: It is only with the heart that one can see rightly; what is essential is invisible to the eye."

"What is essential is invisible to the eye," the little prince repeated, so that he would be sure to remember.

"It is the time you have wasted for your rose that makes your rose so important."

"It is the time I have wasted for my rose--" said the little prince, so that he would be sure to remember.

"Men have forgotten this truth," said the fox. "But you must not forget it. You become responsible, forever, for what you have tamed. You are responsible for your rose..."

"I am responsible for my rose," the little prince repeated, so that he would be sure to remember.

Chapter 22

"Good morning," said the little prince.

"Good morning," said the railway switchman.

"What do you do here?" the little prince asked.

"I sort out travelers, in bundles of a thousand," said the switchman. "I send off the trains that carry them; now to the right, now to the left."

And a brilliantly lighted express train shook the switchman's cabin as it rushed by with a roar like thunder.

"They are in a great hurry," said the little prince. "What

are they looking for?"

"Not even the locomotive engineer knows that," said the switchman.

And a second brilliantly lighted express thundered by, in the opposite direction.

"Are they coming back already?" demanded the little prince.

"These are not the same ones," said the switchman. "It is an exchange."

"Were they not satisfied where they were?" asked the little prince.

"No one is ever satisfied where he is," said the switchman.

And they heard the roaring thunder of a third brilliantly lighted express.

"Are they pursuing the first travelers?" demanded the little prince.

"They are pursuing nothing at all," said the switchman. "They are asleep in there, or if they are not asleep they are yawning. Only the children are flattening their noses against the windowpanes."

"Only the children know what they are looking for," said the little prince. "They waste their time over a rag doll and it becomes very important to them; and if anybody takes it away from them, they cry..."

"They are lucky," the switchman said.

Chapter 23

"Good morning," said the little prince.

"Good morning," said the merchant.

This was a merchant who sold pills that had been invented to quench thirst. You need only swallow one pill a week, and you would feel no need of anything to drink.

"Why are you selling those?" asked the little prince.

"Because they save a tremendous amount of time," said the merchant.

"Computations have been made by experts. With these

pills, you save fifty–three minutes in every week."

"And what do I do with those fifty–three minutes?"

"Anything you like..."

"As for me," said the little prince to himself, "If I had fifty–three minutes to spend as I liked, I should walk at my leisure toward a spring of fresh water."

Chapter 24

It was now the eighth day since I had my accident in the desert, and I had listened to the story of the merchant as I was drinking the last drop of my water supply.

"Ah," I said to the little prince, "These memories of yours are very charming; but I have not yet succeeded in repairing my plane; I have nothing more to drink; and I, too, should be very happy if I could walk at my leisure toward a spring of fresh water!"

"My friend the fox––" the little prince said to me.

"My dear little man, this is no longer a matter that has anything to do with the fox!"

"Why not?"

"Because I am about to die of thirst..."

He did not follow my reasoning, and he answered me:

"It is a good thing to have had a friend, even if one is about to die. I, for instance, am very glad to have had a fox as a friend..."

"He has no way of guessing the danger," I said to myself. "He has never been either hungry or thirsty. A little sunshine is all he needs..."

But he looked at me steadily, and replied to my thought:

"I am thirsty, too. Let us look for a well..."

I made a gesture of weariness. It is absurd to look for a well, at random, in the immensity of the desert. But nevertheless we started walking.

When we had trudged along for several hours, in silence, the darkness fell, and the stars began to come out. Thirst had made me a little feverish, and I looked at them as if I were in a dream. The little prince's last words came reeling back into my memory:

"Then you are thirsty, too?" I demanded.

But he did not reply to my question. He merely said to me:

"Water may also be good for the heart..."

I did not understand this answer, but I said nothing. I knew very well that it was impossible to cross–examine him.

He was tired. He sat down. I sat down beside him. And, after a little silence, he spoke again:

"The stars are beautiful, because of a flower that cannot be seen."

I replied, "Yes, that is so." And, without saying anything more, I looked across the ridges of sand that were stretched out before us in the moonlight.

"The desert is beautiful," the little prince added.

And that was true. I have always loved the desert. One sits down on a desert sand dune, sees nothing, hears nothing. Yet through the silence something throbs, and gleams...

"What makes the desert beautiful," said the little prince, "Is that somewhere it hides a well..."

I was astonished by a sudden understanding of that mysterious radiation of the sands. When I was a little boy I lived in an old house, and legend told us that a treasure was buried there. To be sure, no one had ever known how to find it; perhaps no one had ever even looked for it. But it cast an enchantment over that house. My home was hiding a secret in the depths of its heart...

"Yes," I said to the little prince. "The house, the stars, the desert–– what gives them their beauty is something that is invisible!"

"I am glad," he said, "That you agree with my fox."

As the little prince dropped off to sleep, I took him in my arms and set out walking once more. I felt deeply moved, and stirred. It seemed to me that I was carrying a very fragile treasure. It seemed to me, even, that there was nothing more fragile on all Earth. In the moonlight I looked at his pale forehead, his closed eyes, his locks of hair that trembled in the wind, and I said to myself: "What I see here is nothing but a shell. What is most important is invisible..."

As his lips opened slightly with the suspicious of a half–smile, I said to myself, again: "What moves me so deeply, about this little prince who is sleeping here, is his loyalty to a flower–– the image of a rose that shines through his whole being like the flame of a lamp, even when he is asleep..." And I felt him to be more fragile still. I felt the need of protecting him, as if he himself were a flame that might be extinguished by a little puff of wind...

And, as I walked on so, I found the well, at daybreak.

Chapter 25

"Men," said the little prince, "Set out on their way in express trains, but they do not know what they are looking for. Then they rush about, and get excited, and turn round and round..." And he added:

"It is not worth the trouble..."

The well that we had come to was not like the wells of the Sahara. The wells of the Sahara are mere holes dug in the sand. This one was like a well in a village. But there was no village here, and I thought I must be dreaming...

"It is strange," I said to the little prince. "Everything is

ready for use: the pulley, the bucket, the rope..."

He laughed, touched the rope, and set the pulley to working. And the pulley moaned, like an old weathervane which the wind has long since forgotten.

"Do you hear?" said the little prince. "We have wakened the well, and it is singing..."

I did not want him to tire himself with the rope.

"Leave it to me," I said. "It is too heavy for you."

I hoisted the bucket slowly to the edge of the well and set it there–– happy, tired as I was, over my achievement.

The song of the pulley was still in my ears, and I could see the sunlight shimmer in the still trembling water.

"I am thirsty for this water," said the little prince. "Give me some of it to drink..."

And I understood what he had been looking for.

I raised the bucket to his lips. He drank, his eyes closed. It was as sweet as some special festival treat. This water was indeed a different thing from ordinary nourishment. Its sweetness was born of the walk under the stars, the song of the pulley, the effort of my arms. It was good for the heart, like a present. When I was a little boy, the lights of the Christmas tree, the music of the Midnight Mass, the tenderness of smiling faces, used to make up, so, the radiance of the gifts I received.

"The men where you live," said the little prince, "Raise five thousand roses in the same garden–– and they do not find in it what they are looking for."

"They do not find it," I replied.

"And yet what they are looking for could be found in one single rose, or in a little water."

"Yes, that is true," I said.

And the little prince added:

"But the eyes are blind. One must look with the heart..."

I had drunk the water. I breathed easily. At sunrise the sand is the color of honey. And that honey color was making me happy, too. What brought me, then, this sense of grief?

"You must keep your promise," said the little prince, softly, as he sat down beside me once more.

"What promise?"

"You know–– a muzzle for my sheep... I am responsible for this flower..."

I took my rough drafts of drawings out of my pocket. The little prince looked them over, and laughed as he said:

"Your baobabs–– they look a little like cabbages."

"Oh!"

I had been so proud of my baobabs!

"Your fox–– his ears look a little like horns; and they

are too long."

And he laughed again.

"You are not fair, little prince," I said. "I don't know how to draw anything except boa constrictors from the outside and boa constrictors from the inside."

"Oh, that will be all right," he said, "Children understand."

So then I made a pencil sketch of a muzzle. And as I gave it to him my heart was torn.

"You have plans that I do not know about," I said.

But he did not answer me. He said to me, instead:

"You know–– my descent to the earth... Tomorrow will be its anniversary."

Then, after a silence, he went on:

"I came down very near here."

And he flushed.

And once again, without understanding why, I had a queer sense of sorrow. One question, however, occurred to me:

"Then it was not by chance that on the morning when

I first met you–– a week ago–– you were strolling along like that, all alone, a thousand miles from any inhabited region? You were on the your back to the place where you landed?"

The little prince flushed again.

And I added, with some hesitancy:

"Perhaps it was because of the anniversary?"

The little prince flushed once more. He never answered questions–– but when one flushes does that not mean "Yes"?

"Ah," I said to him, "I am a little frightened––"

But he interrupted me.

"Now you must work. You must return to your engine. I will be waiting for you here. Come back tomorrow evening..."

But I was not reassured. I remembered the fox. One runs the risk of weeping a little, if one lets himself be tamed...

Chapter 26

Beside the well there was the ruin of an old stone wall. When I came back from my work, the next evening, I saw from some distance away my little price sitting on top of a wall, with his feet dangling. And I heard him say:

"Then you don't remember. This is not the exact spot."

Another voice must have answered him, for he replied to it:

"Yes, yes! It is the right day, but this is not the place."

I continued my walk toward the wall. At no time did I see or hear anyone. The little prince, however, replied once again:

"--Exactly. You will see where my track begins, in the sand. You have nothing to do but wait for me there. I shall be there tonight."

I was only twenty meters from the wall, and I still saw nothing.

After a silence the little prince spoke again:

"You have good poison? You are sure that it will not make me suffer too long?"

I stopped in my tracks, my heart torn asunder; but still I did not understand.

"Now go away," said the little prince. "I want to get down from the wall."

I dropped my eyes, then, to the foot of the wall–– and I leaped into the air. There before me, facing the little prince, was one of those yellow snakes that take just thirty seconds to bring your life to an end. Even as I was digging into my pocked to get out my revolver I made a running step back. But, at the noise I made, the snake let himself flow easily across the sand like the dying spray of a fountain, and, in no apparent hurry, disappeared, with a light metallic sound, among the stones.

I reached the wall just in time to catch my little man in my arms; his face was white as snow.

"What does this mean?" I demanded. "Why are you talking with snakes?"

I had loosened the golden muffler that he always wore. I had moistened his temples, and had given him some water to drink. And now I did not dare ask him any more questions. He looked at me very gravely, and put his arms around my neck. I felt his heart beating like the heart of a dying bird, shot with someone's rifle...

"I am glad that you have found what was the matter

with your engine," he said. "Now you can go back home--"

"How do you know about that?"

I was just coming to tell him that my work had been successful, beyond anything that I had dared to hope.

He made no answer to my question, but he added:

"I, too, am going back home today..."

Then, sadly--

"It is much farther... it is much more difficult..."

I realized clearly that something extraordinary was happening. I was holding him close in my arms as if he were a little child; and yet it seemed to me that he was rushing headlong toward an abyss from which I could do nothing to restrain him...

His look was very serious, like someone lost far away.

"I have your sheep. And I have the sheep's box. And I have the muzzle..."

And he gave me a sad smile.

I waited a long time. I could see that he was reviving little by little.

"Dear little man," I said to him, "You are afraid..."

He was afraid, there was no doubt about that. But he laughed lightly.

"I shall be much more afraid this evening..."

Once again I felt myself frozen by the sense of something irreparable. And I knew that I could not bear the thought of never hearing that laughter any more. For me, it was like a spring of fresh water in the desert.

"Little man," I said, "I want to hear you laugh again."

But he said to me:

"Tonight, it will be a year... my star, then, can be found right above the place where I came to the Earth, a year ago..."

"Little man," I said, "Tell me that it is only a bad dream–– this affair of the snake, and the meeting–place, and the star..."

But he did not answer my plea. He said to me, instead: "The thing that is important is the thing that is not seen..."

"Yes, I know..."

"It is just as it is with the flower. If you love a flower that lives on a star, it is sweet to look at the sky at night. All the stars are a–bloom with flowers..."

"Yes, I know..."

"It is just as it is with the water. Because of the pulley, and the rope, what you gave me to drink was like music. You remember–– how good it was."

"Yes, I know..."

"And at night you will look up at the stars. Where I live everything is so small that I cannot show you where my star is to be found. It is better, like that. My star will just be one of the stars, for you. And so you will love to watch all the stars in the heavens... they will all be your friends. And, besides, I am going to make you a present..."

He laughed again.

"Ah, little prince, dear little prince! I love to hear that laughter!"

"That is my present. Just that. It will be as it was when we drank the water..."

"What are you trying to say?"

"All men have the stars," he answered, "But they are not the same things for different people. For some, who are travelers, the stars are guides. For others they are no more than little lights in the sky. For others, who are scholars, they are problems. For my businessman they were wealth. But all these stars are silent. You— you alone— will have the stars as no one else has them—"

"What are you trying to say?"

"In one of the stars I shall be living. In one of them I shall be laughing. And so it will be as if all the stars were laughing, when you look at the sky at night... you— only you— will have stars that can laugh!"

And he laughed again.

"And when your sorrow is comforted (time soothes all sorrows) you will be content that you have known me. You will always be my friend. You will want to laugh with me. And you will sometimes open your window, so, for that pleasure... and your friends will be properly astonished to see you laughing as you look up at the sky! Then you will say to them, 'Yes, the stars always make me laugh!' And they will think you are crazy. It will be a very shabby trick that I shall have played on you..."

And he laughed again.

"It will be as if, in place of the stars, I had given you a great number of little bells that knew how to laugh..."

And he laughed again. Then he quickly became serious:

"Tonight-- you know... do not come," said the little prince.

"I shall not leave you," I said.

"I shall look as if I were suffering. I shall look a little as if I were dying. It is like that. Do not come to see that. It is not worth the trouble..."

"I shall not leave you."

But he was worried.

"I tell you-- it is also because of the snake. He must not bite you. Snakes-- they are malicious creatures. This one might bite you just for fun..."

"I shall not leave you."

But a thought came to reassure him:

"It is true that they have no more poison for a second bite."

That night I did not see him set out on his way.

He got away from me without making a sound. When I succeeded in catching up with him he was walking along with a quick and resolute step. He said to me merely:

"Ah! You are there..."

And he took me by the hand. But he was still worrying.

"It was wrong of you to come. You will suffer. I shall look as if I were dead; and that will not be true..."

I said nothing.

"You understand... it is too far. I cannot carry this body

with me. It is too heavy."

I said nothing.

"But it will be like an old abandoned shell. There is nothing sad about old shells..."

I said nothing.

He was a little discouraged. But he made one more effort:

"You know, it will be very nice. I, too, shall look at the stars. All the stars will be wells with a rusty pulley. All the stars will pour out fresh water for me to drink..."

I said nothing.

"That will be so amusing! You will have five hundred million little bells, and I shall have five hundred million springs of fresh water..."

And he too said nothing more, because he was crying...

"Here it is. Let me go on by myself."

And he sat down, because he was afraid. Then he said, again:

"You know-- my flower... I am responsible for her. And she is so weak! She is so naive! She has four thorns,

of no use at all, to protect herself against all the world..."

I too sat down, because I was not able to stand up any longer.

"There now–– that is all..."

He still hesitated a little; then he got up. He took one step. I could not move.

There was nothing but a flash of yellow close to his ankle. He remained motionless for an instant. He did not cry out. He fell as gently as a tree falls. There was not even any sound, because of the sand.

Chapter 27

And now six years have already gone by... I have never yet told this story. The companions who met me on my return were well content to see me alive. I was sad, but I told them: "I am tired."

Now my sorrow is comforted a little. That is to say—not entirely. But I know that he did go back to his planet, because I did not find his body at daybreak. It was not such a heavy body... and at night I love to listen to the stars. It is like five hundred million little bells...

But there is one extraordinary thing... when I drew the muzzle for the little prince, I forgot to add the leather strap to it. He will never have been able to fasten it on his sheep. So now I keep wondering: what is happening on his planet? Perhaps the sheep has eaten the flower...

At one time I say to myself: "Surely not! The little prince shuts his flower under her glass globe every night, and he watches over his sheep very carefully..." Then I am happy. And there is sweetness in the laughter of all the stars.

But at another time I say to myself: "At some moment or other one is absent–minded, and that is enough! On some one evening he forgot the glass globe, or the sheep got out, without making any noise, in the night..." And then the little bells are changed to tears...

Here, then, is a great mystery. For you who also love the little prince, and for me, nothing in the universe can be the same if somewhere, we do not know where, a sheep that we never saw has–– yes or no?–– eaten a rose...

Look up at the sky. Ask yourselves: is it yes or no? Has the sheep eaten the flower? And you will see how everything changes...

And no grown–up will ever understand that this is a matter of so much importance!

This is, to me, the loveliest and saddest landscape in the world. It is the same as that on the preceding page, but I have drawn it again to impress it on your memory. It is here that the little prince appeared on Earth, and disappeared.

Look at it carefully so that you will be sure to recognize it in case you travel some day to the African desert. And, if you should come upon this spot, please do not hurry on. Wait for a time, exactly under the star. Then, if a little man appears who laughs, who has golden hair and who refuses to answer questions, you will know who he is. If this should happen, please comfort me. Send me word that he has come back.

국문번역본

THE LITTLE PRINCE
어린왕자

앙투안 드 생텍쥐페리 글·그림
정진희 역

레옹 베르트에게

내가 이 책을 어른에게 바치는 것에 대해 어린이들에게 용서를 구한다. 나에게는 그럴 만한 이유가 있다.

내가 이 세상에서 사귄 가장 좋은 친구가 바로 이 어른이기 때문이다. 또 다른 이유가 있다. 이 어른은 모든 것을, 어린이들을 위해 쓴 책까지도 이해할 줄 안다는 것이다. 세 번째 이유는 이 어른이 지금 프랑스에서 추위와 배고픔을 견디면서 살고 있다. 그에게는 위로가 필요하다. 이 모든 이유로도 부족하다면, 나는 이 어른의 어린 시절 소년에게 이 책을 바치고 싶다. 어른들도 처음엔 다 어린이였다. 그걸 기억하는 어른들은 많지 않지만. 그래서 나는 헌사를 이렇게 고쳐 쓴다.

어린 시절의
레옹 베르트에게

#1

내가 여섯 살 때, '실제로 있는 이야기'라고 부르는 원시림에 관한 책에서 굉장한 그림 하나를 본 적이 있다. 보아뱀 한 마리가 맹수를 삼키고 있는 그림이었다. 위의 그림은 그것을 옮겨 그린 것이다.

책에는 이렇게 쓰여 있었다.

"보아뱀은 먹이를 씹지 않고 통째로 삼켜버린다. 그리고 나면 움직일 수가 없어서 먹이가 소화될 때까지 여섯 달 동안 잠을 잔다."

나는 밀림 속 모험에 대해 곰곰이 생각해 보았다.

그리고 색연필로 나의 첫 그림을 그려 내었다.

나의 그림 제1호는 다음과 같았다.

나는 어른들에게 나의 멋진 그림을 보여 주며 내 그림이 무섭지 않느냐고 물어보았다.

어른들은 대답했다. "아니, 누가 모자를 무서워해?"

내 그림은 모자가 아니었다. 보아뱀이 코끼리를 소화시키고 있는 그림이었다. 나는 어른들이 이해할 수 있도록 보아뱀의 속을 그려서 보여 주었다. 어른들은 항상 설명을 해줘야만 한다. 나의 그림 제2호는 다음과 같았다.

어른들은 나에게 보아뱀의 뱃속인지 겉모습인지 알 수 없는 그림은 집어치우고, 차라리 지리학이나 역사, 수학, 문법이나

열심히 하라고 충고했다. 나는 이렇게 여섯 살에 화가라는 멋진 직업을 포기했다. 나는 내 그림 제1호와 제2호의 실패로 주눅이 들어버린 것이다. 어른들은 혼자서 아무것도 이해하지 못한다. 그렇다고 매번 어른들에게 설명을 해주는 건 어린아이에게 꽤 어려운 일이다.

그래서 나는 다른 직업을 골라야 했고, 비행기 조종을 배웠다. 조종사가 되어 세계 곳곳을 날아다녔다. 그리고 지리학은 정말 나에게 많은 도움이 되었다. 덕분에 나는 중국과 애리조나를 한눈에 구별할 수 있었다. 밤에 길을 잃었다면 지리학은 아주 유익하다.

나는 이렇게 살아오는 동안 중요한 일에 몰두해 있는 수많은 사람을 만났다. 오랫동안 어른들과 함께 살며 그들을 아주 가까이에서 보아 왔다. 그렇다고 해서 어른들에 대한 나의 생각은 크게 달라지지 않았다.

나는 좀 똑똑해 보이는 어른을 만날 때마다, 늘 지니고 다니던 나의 그림 제1호를 꺼내 시험해 보곤 했다. 정말 이해력이 있는 사람인지 알고 싶었다.

그러나 늘 이런 대답이었다.

"모자 그림이네."

그러면 나는 보아뱀이나 원시림, 또는 별에 관한 이야기는 꺼내지 않았다. 나는 그가 알아들을 수 있는 정치, 골프, 넥타이 이야기를 했다. 그러면 그 어른은 분별 있는 사람을 만났다며 아주 흐뭇해했다.

#2

나는 이렇게 진심을 털어놓고 이야기할 사람도 없이 혼자 살아오다가, 6년 전 비행기 사고로 사하라 사막에 불시착했다. 엔진에서 어딘가가 부서진 것이다. 비행기에 정비사도 승객도 없었던 터라 혼자서 어려운 수리를 해야 했다. 나로서는 죽느냐 사느냐 하는 문제였다. 고작 일주일 동안 마실 물밖에 없었다.

첫째 날 저녁, 나는 사람이 사는 곳에서 수천 마일 떨어진 사막에서 잠이 들었다. 바다 한가운데에 뗏목을 타고 표류하는 난파선의 선원보다도 더 외롭고 쓸쓸했다. 그러니 해 뜰 무렵 이상한 작은 목소리가 나를 깨웠을 때 내가 얼마나 놀랐는지 상상이 되는가.

　"저… 양 한 마리만 그려 줘!"
　"뭐?"
　"양 한 마리만 그려 줘!"

　나는 벼락이라도 맞은 듯 벌떡 일어났다. 나는 눈을 비비고 주위를 잘 살펴보았다. 눈앞에 신기한 꼬마 소년이 심각한 표정으로 나를 바라보고 있었다.
　이 그림은 내가 훗날 그를 그린 그림 중에서 가장 훌륭한 초상화이다.

물론 이것은 실물과 비교할 수 없다. 하지만 그건 내 잘못이 아니다. 내 나이 여섯 살 때, 어른들 때문에 기가 죽어 화가가 되는 것을 포기했고, 기껏해야 속이 보이는 보아뱀과 보이지 않는 보아뱀을 그린 것 말고는 그림 공부를 해본 적이 없으니까.

아무튼 나는 갑자기 나타난 그 모습에 너무 놀라 눈을 휘둥그레 뜨고 바라보았다. 내가 지금 사람이 사는 곳에서 수천 마일 떨어진 곳에 있는 것을 기억해 주었으면 한다. 그런데 내가 본 그 아이는 사막에서 길을 잃은 것 같지도 않았고, 피로하거나 배가 고프거나 목이 마른 것 같지도, 겁에 질려 있는 것 같지도 않았다. 사람이 사는 곳에서 수천 마일 떨어져 있는 사막에서 길을 잃은 아이라고는 볼 수 없었다. 마침내 나는 말을 할 수 있게 되자, 이렇게 말했다.

"그런데… 넌 여기서 뭘 하고 있니?"

그 아이는 아주 중요한 일을 말하듯 천천히 몇 번이나 되풀이해서 말했다.

"저… 양 한 마리만 그려줘……."

불가사의한 일이라도 너무 강렬하면, 감히 거역하지 못하는 법이다. 그래서 사람이 사는 마을에서 수천 마일 떨어져 있는 곳에서 언제 죽을지 모르는 판에 정말 우스꽝스럽다고 생각을 하면서도, 나는 주머니에서 종이 한 장과 만년필을 꺼냈다. 하지만 그때, 나는 내가 지리와 역사와 산수와 문법 외에는 공부를 열심히 하지 않은 것이 생각나서, (조금 심술궂게) 그 아이에게 그림을 그릴 줄 모른다고 말했다. 그가 나에게 대답했다.

"괜찮아. 양 한 마리만 그려줘……."

나는 양을 그려본 적이 없었다. 그래서 나는 내가 자주 그렸던 두 가지 그림 중 하나를 그려 주었다. 속이 보이지 않는 보아뱀. 그런데 놀랍게도 그 아이가 이렇게 말하는 것이었다.

"아니, 아니, 아니야! 나는 보아뱀의 뱃속에 있는 코끼리는 싫어. 보아뱀은 너무 위험하고, 코끼리는 너무 거추장스러워. 내가 사는 곳은 아주 작거든. 나는 양을 갖고 싶어. 양 한 마리만 그려 줘."

그래서 나는 양을 그렸다.
그는 주의 깊게 살펴보더니 말했다.

"아니야. 이 양은 이미 병이 들었잖아. 다른 걸로 그려 줘."

나는 양을 다시 그렸다.

내 친구는 친절하고 너그럽게 미소 지었다.

"잘 봐. 이건 양이 아니야. 숫양이야. 이렇게 뿔이 나 있잖아."

그래서 나는 다시 그렸다.

그러나 다른 그림들처럼 퇴짜를 맞았다.

"이 양은 너무 늙었어. 나는 오래 살 수 있는 양이 필요해."

나는 비행기 엔진도 수리해야 했기 때문에 더 이상 참을 수가 없어서, 대충 그린 그림을 건네주며 말했다.

"이건 상자야. 네가 갖고 싶어 하는 양은 그 안에 있어."

그런데 놀랍게도 이 어린 심판관의 얼굴이 환하게 밝아지는 게 아닌가.

"내가 원한 게 바로 이거야! 이 양은 풀을 많이 먹을까?"
"그건 왜?"
"내가 사는 곳은 아주 작아서……."
"걱정 마. 내가 아주 작은 양을 그렸거든."
그는 고개를 숙여 그림을 들여다보았다.

"뭐 그렇게 작지도 않은데… 이거 봐! 양이 잠이 들었어……."

나는 이렇게 어린 왕자를 알게 되었다.

#3

그가 어디서 왔는지 알기까지는 오랜 시간이 걸렸다.

어린 왕자는 내게 많은 것을 질문하면서도 내 질문은 관심 있게 듣지 않았다.

어린 왕자가 무심코 하는 한 두 마디 말에 차츰차츰 나는 모든 것을 알게 되었다. 그가 처음 내 비행기(나는 비행기를 그리지 않겠다. 비행기는 너무 복잡하니까)를 보았을 때, 이렇게 물었다.

"이 물건은 뭐야?"
"이건 물건이 아니야. 하늘을 나는 거야. 비행기야. 내 비행기."

내가 날 수 있다고 우쭐대며 이야기하자, 그가 큰 소리로 외쳤다.

"뭐? 그럼 아저씨가 하늘에서 떨어졌어?"

"응." 나는 겸손하게 대답했다.

"와! 정말 재미있다!"

어린 왕자가 사랑스러운 표정으로 웃기 시작했는데, 나는 몹시 화가 났다. 내가 당한 사고를 진지하게 생각해 주었으면 했다.

그는 이렇게 덧붙였다.

"그럼 아저씨도 하늘에서 왔구나! 어느 별에서 왔어?"

그 순간 나는 신비로운 어린 왕자의 정체에 대해 알 수 있는 한 줄기 빛이 비치는 것 같아서 불쑥 이렇게 물었다.

"그럼 넌 다른 별에서 왔구나?"

그러나 그는 대답하지 않았다. 내 비행기에서 눈을 떼지 않은 채 그는 가만히 고개를 들었다.

"이걸 타고는 그렇게 멀리서 오지는 않았겠네……."

그리고 그는 오랫동안 생각에 잠겼다.

그러더니 호주머니에서 내가 그려준 양을 꺼내 들고 소중한 듯 한참을 들여다보았다.

'다른 별들' 이야기에 내가 얼마나 궁금했는지 여러분도 짐작이 갈 것이다. 그래서 나는 이것에 대해 좀 더 알아보려고 애썼다.

"얘야, 너는 어디에서 왔니? 네가 사는 곳은 어디니? 그 양을 어디로 데려가려는 거니?"

그는 한참을 생각에 잠겨 있더니 이렇게 대답했다.

"아저씨가 양을 상자에 넣어 준 건 정말 잘한 것 같아. 밤이면 집이 될 수도 있고."

"그렇지. 필요하면 낮에 양을 묶어 둘 수 있도록 고삐도 하나 줄게. 말뚝도 같이."

내 제안에 어린 왕자는 충격을 받은 것 같았다.

"묶어 둔다고? 정말 괴상한 생각이다!"

"하지만 그렇게 하지 않으면 아무데나 돌아다니다가 길을 잃어버릴 거야."

내 친구는 크게 웃음을 터뜨렸다.

"생각해 봐. 양이 어딜 가겠어?"

"어느 곳이든. 앞으로 앞으로."

그러자 어린 왕자는 심각한 얼굴로 말했다.

"걱정 마. 내가 사는 곳은 아주 작아!"

그리고는 약간 기가 죽은 듯 덧붙였다.

"앞으로 계속 가 봐야 멀리 갈 수도 없어……."

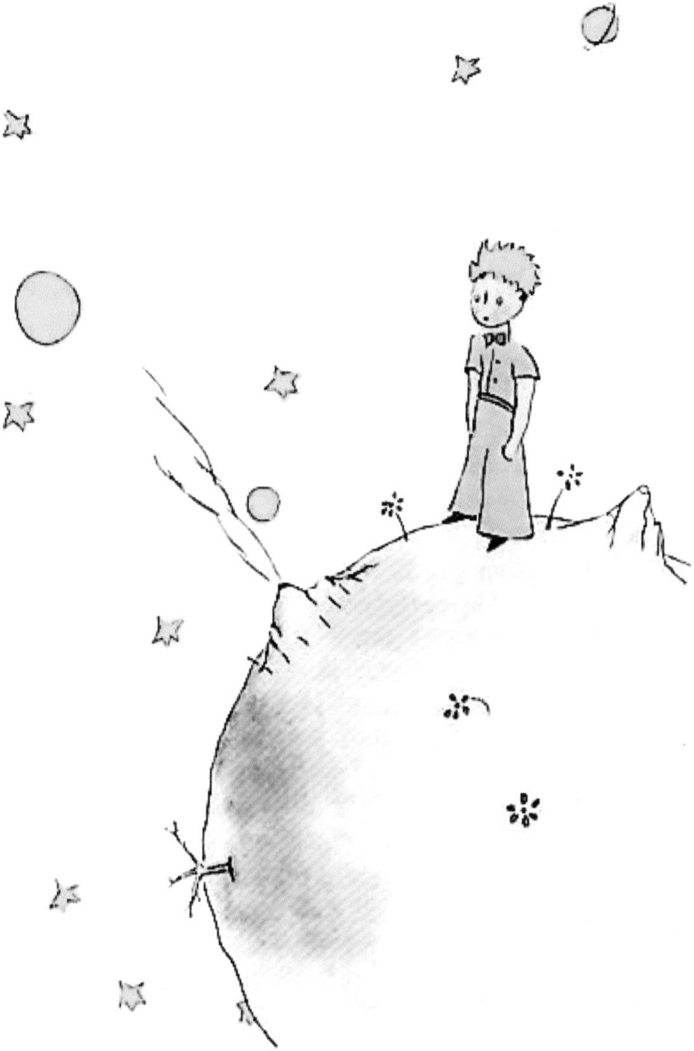

#4

나는 이렇게 해서 아주 중요한 두 번째 사실을 알게 되었다. 어린 왕자가 사는 별은 겨우 집 한 채보다도 크지 않다는 것이다!

그게 나에게는 그리 놀라운 일이 아니었다. 지구, 목성, 화성, 금성 같은 이름이 있는 큰 행성들 외에, 망원경으로도 보이지 않는 작은 별들이 수백 개도 더 있다는 것을 나는 알고 있었다. 천문학자들은 이런 별을 발견하면 별에 이름 대신 번호를 붙여 준다. 예를 들면, '소행성 325'와 같이.

내가 어린 왕자가 사는 별이 '소행성 B612'라고 믿는 데에

는 그만한 이유가 있다.

이 행성은 1909년 터키의 한 천문학자에 의해 딱 한 번 관찰
된 적이 있다.

이 천문학자는 국제 천문학회에서 자신이 발견한 소행성에
대해 자세히 발표했다. 그러나 그의 옷차림 때문에 어느 누구
도 그의 말을 믿지 않았다.

어른들이란 다 이렇다……

소행성 B612의 명성을 위해서는 참 다행스럽게도, 터키의
한 독재자가 국민들에게 유럽식으로 옷을 입지 않으면 사형에
처하겠다는 법을 만들었다. 그 천문학자는 1920년 우아한 스

타일의 유럽식 옷을 입고 소행성에 대해 다시 논증했다. 그러자 국제천문학회에서는 천문학자의 말을 인정했다.

내가 이렇게 소행성에 대해 번호까지 붙이며 자세히 이야기하는 것은 어른들 때문이다.

어른들은 숫자를 좋아한다. 여러분이 어른들에게 새로운 친구를 사귀었다고 말하면, 어른들은 가장 중요한 것은 물어보지 않는다.

"그 애의 목소리는 어때? 그 애는 무슨 놀이를 가장 좋아하니? 그 애는 나비를 채집하니?"

이런 것은 묻는 법이 없다.

"그 앤 몇 살이니? 형제들은 몇이나 되고? 몸무게는 얼마지? 그 애 아버지는 얼마나 버니?"

이런 질문들만 한다. 어른들은 이런 수치들을 통해서만 그

친구를 제대로 알게 된다고 생각한다.

어른들에게 "저는 장밋빛 벽돌로 지어진 아름다운 집을 보았어요. 창가에는 제라늄 꽃이 피어 있고, 지붕 위에는 비둘기가 있어요." 이렇게 말하면 어른들은 그 집을 상상해 내지 못할 것이다.

어른들에게는 이렇게 말해야 할 것이다. "저는 2만 달러짜리 집을 보았어요." 그러면 그들은 "오, 정말 예쁜 집이구나!" 하고 감탄할 것이다.

"어린왕자는 정말 매력적이야, 그는 잘 웃었고, 그는 양을 찾고 있었어. 누군가 양을 찾고 있다면, 그것은 어린 왕자가 아직 이 세상에 존재한다는 증거야."라고 어른들에게 말한다면 그들은 어깨를 으쓱하며 여러분을 어린애 취급할 것이다.

하지만 "어린 왕자는 소행성 B612에서 왔어."라고 하면 어른들은 알아듣고, 여러분에게 더 이상 묻지 않을 것이다.

어른들은 다 이렇다. 그렇다고 어른들을 원망할 필요는 없다. 어린이들이 항상 어른들을 너그럽게 봐 줘야 한다.

그러나 삶을 이해하고 있는 우리에게는 숫자 같은 건 그렇게 문제가 되지 않는다. 나는 이 이야기를 동화처럼 시작하고 싶었다. 이렇게 이야기했더라면 좋았을 텐데.

"옛날 옛적에 한 어린 왕자가 자기보다 클까 말까 한 별에서 살고 있었어, 그는 양을 한 마리가 갖고 싶어서……."

인생을 이해하는 이들에게는 내 이야기가 훨씬 더 진실하게 보였을 것이다.

나는 내 책이 사람들에게 가볍게 읽혀지는 것을 원치 않기에 하는 말이다. 어린 왕자와의 추억을 이야기하려니 슬프기도 하다.

나의 친구 어린 왕자가 양을 데리고 내 곁을 떠난 지 벌써 6년이 되었다. 내가 여기에 그의 모습을 그리려고는 것은 그 아이를 잊어버리지 않기 위해서다.

친구를 잊는다는 것은 슬픈 일이다. 누구에게나 다 친구가 있었던 것은 아니다. 내가 그 아이를 잊는다면, 나도 숫자밖에는 관심 없는 어른들과 같이 되어버릴지도 모른다.

내가 그림물감 한 갑과 연필 몇 자루를 다시 산 것도 이 때문이다. 여섯 살 때, 속이 보이는 보아뱀과 속이 보이지 않는 보아뱀을 그려 본 것 외에는 아무것도 그려 본 적 없는 내가 이 나이에 다시 그림을 그린 다는 것은 무척 어려운 일이다.

물론 나는 가능한 실물에 가깝게 그리려고 노력하겠지만, 성공할 수 있을지 자신이 없다.

어떤 건 그런대로 비슷해도 어떤 건 전혀 닮지 않았다.

어린 왕자의 키에 있어서도 오류가 있다. 어떤 그림에서는 키가 크고 어떤 그림에서는 키가 작다. 옷의 색깔도 확신하지 못한다.

그래서 잘 되든 안 되든 서툴지만 최선을 다해 그려본다.

내가 아주 중요한 부분에서 실수할 수도 있지만 용서해 주기 바란다. 어린 왕자는 내게 아무것도 설명해 주지 않았다.

어쩌면 어린 왕자는 내가 자신과 비슷한 사람이라고 생각했었나 보다.

하지만 나는 상자 안을 꿰뚫고 그 속에 있는 양을 볼 줄 모른다. 어쩌면 나도 조금 어른들처럼 되어 버린 것은 아닌지.

나도 나이를 먹었나 보다.

#5

나는 날마다 우리의 대화를 통해 어린 왕자의 별이나, 그 별
을 떠나온 것에 대해서나, 그의 여행에 대한 것들을 조금씩 알
게 되었다. 그 정보는 무심결에 나오는 그의 이런저런 생각을
통해서였다. 사흘째 되던 날, 바오밥나무에 대한 사연을 알게
된 것도 이런 식이었다.

이번에도 역시 양 덕분이었다. 어린 왕자가 대단한 의문에
사로잡히기라도 한 듯 불쑥 나에게 물었다.

"정말 양이 작은 떨기나무를 먹어?"

"응, 정말이야."

"아! 다행이다!"

양이 작은 떨기나무를 먹는다는 것이 왜 그렇게 중요한 일인지 나는 알 수가 없었다.

"그러면 양들은 바오밥나무도 먹겠네?"

나는 어린 왕자에게 바오밥나무는 작은 떨기나무가 아니라 대저택만큼 큰 나무이며, 코끼리 떼를 몰고 간다 해도 바오밥나무 한 그루도 다 먹지 못할 것이라고 이야기해 주었다.

코끼리 떼라는 말에 어린 왕자는 웃음을 터뜨렸다.

"코끼리를 포개 놓으면 되겠네."

그러나 그는 지혜롭게 한 마디 했다.

"바오밥나무도 그렇게 크기 전에 처음에는 작았잖아."

"그야 그렇지." 나는 말했다. "그런데 왜 어린 바오밥나무를 양에게 먹이려고 하지?"

그는 당연한 걸 묻는다는 듯이 대답했다.

"아휴! 생각을 좀 해보라고!"

나는 이 문제를 혼자 푸느라고 머리를 쥐어짜야 했다.

사실은 이랬다.

어린 왕자가 살고 있는 별에는 좋은 풀과 나쁜 풀이 있었다. 물론 좋은 풀에서 좋은 씨앗이 나왔고, 나쁜 풀에서 나쁜 씨앗이 나왔다. 그러나 씨앗은 보이지 않는다. 씨앗은 깊은 땅속에 잠들어 있다가, 문득 깨어나고 싶을 때, 기지개를 켜고 태양을 향해 처음엔 머뭇거리면서 그 아름답고 어린 싹을 쑥 내민다. 그것이 무나 장미나무의 싹이라면 자라날 수 있도록 내버려 두어도 괜찮다. 그러나 나쁜 식물의 싹이라면 그걸 알아차리자마자 뽑아 버려야 한다.

어린 왕자가 사는 별에서 바오밥나무의 씨앗은 나쁜 씨앗이었다. 그 별의 흙에는 바오밥나무의 씨앗이 들끓었다. 바오밥나무는 너무 늦게 손을 쓰면 영영 없앨 수가 없게 된다.

바오밥나무가 온 별을 뒤덮고, 그 뿌리로 별 깊숙이 구멍을 뚫는다. 그래서 아주 작은 별에 바오밥나무가 너무 많으면 별은 터져 버린다……

"이것은 규율의 문제야."
어린 왕자가 나중에 이런 말을 했다.
"아침에 단장을 하면 별도 정성을 들여 단장을 해줘야 해.
어린 바오밥나무는 장미나무와 처음에는 비슷한데, 구별할 수
있게 되면 그때부터 규칙적으로 뽑아줘야 해. 귀찮기는 하지
만 아주 쉬워."

어느 날 어린 왕자는 내게 말했다.

"아저씨가 그림을 그려줬으면 좋겠어. 이 땅에 살고 있는 아이들이 이 나무가 어떻게 생겼는지 똑똑히 알 수 있도록 아름답게 그려줘야 해. 아이들이 언젠가 여행을 하게 되면 아저씨 그림이 도움이 될 거야. 이따금 할 일을 뒤로 미룬다고 해도 별일이 없겠지만, 바오밥나무와 같은 경우엔 틀림없이 엄청난 일을 당할 거야. 나는 게으름뱅이가 살고 있는 별 하나를 알고 있는데, 그는 작은 나무 세 그루를 그냥 내버려 두어서……."

그래서 나는 어린 왕자가 설명해주는 대로 그 게으름뱅이의 별을 그렸다. 나는 도덕주의자 같은 말투를 별로 좋아하지 않는다. 그러나 바오밥나무의 위험성은 많이 알려져 있지 않기 때문에, 길을 잃어 소행성을 여행하게 된 사람이 있다면 정말 위험할 수 있을 것 같아서 이번에만 예외를 두어 말하기로 한다.

"어린이 여러분, 바오밥나무를 조심하세요!"

내가 힘들게 이 그림을 그린 이유는, 오래 전부터 나처럼 내 친구들이 멋모르고 지나쳤던 위험한 순간들을 그들에게 알려

주기 위해서다.

　내 가르침은 이만큼 수고할 값어치가 있다.

　어쩌면 여러분은 이렇게 질문할 수도 있다.

　"이 책에는 왜 바오밥나무 그림처럼 다른 웅장한 그림은 없는 거죠?"

　대답은 아주 간단하다. 나는 애써 그렸지만 다른 그림들은 성공적이지 못했다.

　바오밥나무를 그릴 때는 다급하고 절실한 마음이 있었던 것이다.

#6

아, 어린 왕자! 나는 아주 조금씩 너의 쓸쓸한 생활의 비밀을 알게 되었다. 오랫동안 네 유일한 즐거움이라곤 조용히 해가 지는 것을 바라보는 것이었다.

나흘째 되는 날 아침, 나는 너의 말을 듣고 이 새로운 사실을 알게 되었다. 너는 이렇게 말했지.

"나는 해가 지는 모습이 정말 좋아. 지금 해넘이를 보러 가자."

"하지만 기다려야 해."

"기다린다니, 뭘?"

"해가 지기를 기다려야지."

너는 처음에 무척 놀란 얼굴을 했어. 그리고는 네 자신이 어처구니 없다는 듯이 웃음을 터뜨리며 말했지.

"나는 내가 아직도 내 별에 있는 줄 알았어!"

그렇다. 누구나 알다시피, 미국이 정오가 되면 프랑스에서는 해가 저문다.

만약 정오에 1분만에 프랑스로 날아갈 수만 있다면, 해가 지는 것을 볼 수 있겠지. 불행히도 프랑스는 너무 멀리 떨어져 있

어. 하지만 너의 작은 별에서는 의자만 몇 걸음 옮겨 놓으면 그만이었겠지. 그래서 너는 네가 원할 때마다 땅거미가 지는 걸 볼 수 있었겠지…….

"어느 날은 해가 지는 걸 마흔세 번이나 봤어!"

그리고 잠시 후 이렇게 덧붙였지.
"아저씨도 알지…… 너무 슬플 때는 누구나 해가 지는 걸 좋아해."
"마흔세 번이나 해가 지는 걸 본 날, 그렇게도 슬펐던 거니?"

그러나 어린 왕자는 대답하지 않았다.

#7

　다섯째 되는 날, 그날도 역시 양 덕분에 어린 왕자의 삶의
새로운 비밀을 알게 되었다. 어린 왕자는 오랫동안 말없이 생
각해 온 궁금증이 갑자기 떠오른 듯이 나에게 물었다.

　"양이 작은 떨기나무를 먹는다면 꽃도 먹겠네?"
　"양은 뭐든 다 먹지."
　"가시가 있는 꽃도?"
　"그럼. 가시가 있는 꽃도."
　"그럼 대체 가시는 뭐 하려고 있는 거야?"

나도 몰랐다. 나는 그때 비행기 엔진에 꽉 조여 있는 볼트를 푸느라 온 정신을 쏟고 있었다. 비행기의 고장이 심각하다는 생각이 들어서 나는 몹시 불안했고, 마실 물도 거의 다 떨어져 가고 있어서 최악의 상황을 두려워하지 않을 수 없었다.

"가시가 무슨 소용이 있는 거야?"

어린 왕자는 한번 질문을 했다 하면 답을 얻을 때까지 절대 포기하는 법이 없었다. 나는 볼트 때문에 화가 나서, 생각나는 대로 아무렇게나 대답했다.

"가시는 아무 쓸모가 없어. 꽃들이 괜히 심술 부리느라 달고 있는 거라고!"

"아!"

한동안 잠자코 있던 어린 왕자는 원망스러운 듯 나를 바라보며 말했다.

"그럴 리가 없어! 꽃들은 약하단 말이야. 순진하고. 최선을 다해 자신을 지키려는 거야. 꽃들은 가시가 강력한 무기가 되는 줄 알고 있는 거라고……."

나는 아무 말도 하지 않았다.

그 순간 나는 혼자 이런 생각을 하고 있었다. '나사가 빠지지 않으면 망치로 부숴버려야겠어.' 어린 왕자는 또다시 내 생각을 흩트렸다.

"아저씨는 정말 꽃들이 그렇다고 생각하는……."

"아니야! 아니야! 정말 아니야! 나는 아무 생각도 없다고. 아무렇게나 대답한 거야. 나는 중요한 일을 하느라고 정말 바쁘다고!"

어린 왕자는 깜짝 놀라 나를 빤히 보았다.

"중요한 일이라고!"

그는 흉측해 보이는 물건에 엎드려 손가락에 새까만 기름때를 묻히고 망치를 쥐고 있는 내 모습을 보고 있었다.

"아저씨도 어른들처럼 말하네!"

그 말에 나는 좀 부끄러웠다. 그러나 어린 왕자는 계속했다.

"아저씨는 모든 걸 혼동하고 있어. 아저씨는 다 뒤죽박죽이야……."

그는 정말 몹시 화가 나 있었다. 금빛 머리칼을 바람에 흔들었다.

"내가 알고 있는 별에 얼굴이 빨간 어른이 살고 있어. 그 사람은 꽃 한 송이 향기를 맡아 본 적도 없고, 별 하나 바라본 적이 없어. 누구 하나 사랑해 본 적도 없지. 그 사람이 하는 일은 오로지 덧셈뿐이야. 그러면서 날마다 아저씨처럼 '나는 중요한 일로 바쁘다!'는 말만 되풀이해. 그 말이 무슨 자랑인 것처럼 말이야. 그런데 그는 사람이 아니야, 버섯이었다고!"

"뭐라고?"

"버섯이라고!"

어린 왕자는 화가 나서 얼굴이 하얗게 질렸다.

"수백만 년 전부터 꽃들은 가시를 만들어 왔어. 수백만 년 전부터 양들은 그 꽃들을 먹어 왔고. 그런데 왜 꽃들이 아무 소용없는 가시를 만드느라 그렇게 고생을 하는지 알아보는 것이 중요한 일이 아니란 말이야? 양과 꽃이 서로 싸우는 게 중요한 일이 아니란 말이야? 빨갛고 뚱뚱한 어른의 덧셈보다 더 중요하고 진지한 일이 아니라고? 만약 내 별에서만 자라는, 세상에 단 한 송이밖에 없는 꽃을 알고 있는데, 어느 날 아침 작은 양이 자기가 무슨 짓을 하는 줄도 모르고 단숨에 없애버릴지도 모른다고 생각해 봐! 그게 중요한 일이 아니란 말이야?"

어린 왕자의 하얀 얼굴이 빨갛게 변했다.

"누군가가 수백만 또 수백만 개의 별들 속에서 단 한 송이밖에 없는 꽃을 사랑한다면, 그 사람은 그 별들을 바라만 보는 것만으로도 행복할 거야. 그 사람은 '저기 어딘가에 내 꽃이 있겠지⋯' 이렇게 말하겠지. 그런데 양이 그 꽃을 먹어버리면, 한순간 그의 모든 별들이 빛을 잃고 어두워지는 것 같을 거야⋯ 그런데 이게 중요하지 않다고?"

어린 왕자는 더 이상 말을 하지 못했다. 그는 슬픔에 흐느껴 울기 시작했다.

어둠이 깔렸다. 나는 연장들을 내려놓았다. 망치, 나사, 목마름이나 죽음도 안중에 없었다. 하나의 별, 하나의 행성에, 내가 사는 별인 이 지구 위에, 위로 받아야 할 어린 왕자가 있었다. 나는 팔로 그를 감싸 안고 가만히 흔들어 달랬다.

"네가 사랑하는 꽃은 위험하지 않아. 내가 양의 입에 씌우도록 입마개를 하나 그려줄게. 너의 꽃 주변에는 울타리를 그려줄게. 또⋯⋯."

나는 그에게 무슨 말을 해야 할지 몰랐다. 어색하고 혼란스러웠다. 어린 왕자의 마음을 진심으로 위로하고 싶었지만 내 마음을 어떻게 전해야 할지 몰랐다.

눈물의 나라, 그것은 그렇게 신비로운 곳이다.

#8

　나는 곧 그 꽃에 대해서 더 잘 알게 되었다. 어린 왕자가 사는 별에는 항상 아주 소박한 꽃들이 있었다. 홑꽃잎의 이 꽃들은 자리를 많이 차지하지도 않았고, 누구에게 방해가 되지도 않았다. 꽃들은 하루아침에 풀 속에서 피어났다가 밤이면 조용히 사그라들었다.

　그러던 어느 날, 어디에서 날아온 씨앗 하나에서 싹이 텄고, 어린 왕자는 다른 싹들과 닮지 않은 이 어린 나무를 주의 깊게 살폈다. 그것은 어쩌면 새로운 종류의 바오밥나무일지도 모르니까.

그런데 이 어린 나무는 어느 순간 자라는 것을 멈추고 꽃을 피울 준비를 하기 시작했다. 어린 왕자는 첫 번째 커다란 꽃봉오리를 지켜보며 곧 그것으로부터 기적 같은 일이 나타날 거라고 생각했다. 그러나 꽃은 그 초록색 방에 숨어서 계속 아름다워질 준비만 하고 있었다. 꽃은 정성스럽게 색깔을 골랐다. 꽃잎을 하나하나 가다듬었다.

그 꽃은 개양귀비처럼 헝클어진 모습으로 세상에 나가고 싶지 않았다. 아름다운 빛으로 가득 차오를 때에야 비로소 나타나고 싶어 했다. 그렇다! 정말 요염한 꽃이었다! 신비로운 치장은 몇 날 며칠 계속되었다.

그러던 어느 날 아침 해가 떠오르는 순간, 그 꽃은 제 얼굴을 드러냈다. 정성을 들여 단장한 꽃은 하품을 하며 말했다.

"아! 겨우 일어났어요. 미안해요. 아직 꽃잎도 온통 헝클어져 있고……."

그러나 어린 왕자는 감탄하지 않을 수 없었다.

"와! 너무 아름다워!"

"그렇죠? 그리고 저는 해와 함께 태어났어요."

어린 왕자는 그 꽃이 별로 겸손하지 않다고 생각했다. 그러나 그만큼 마음을 빼앗길 정도로 아름답지 않은가! 꽃은 말을 이어갔다.

"아침 식사 시간이 된 것 같아요. 저를 위해 뭘 좀 주시겠어요?"

어린 왕자는 무안해하며 맑은 물이 담긴 물뿌리개를 찾아다가 꽃에게 주었다.

허영심을 갖고 태어난 그 꽃은 곧 어린 왕자를 괴롭히기 시작했다. 어린 왕자는 이런 꽃을 다루기가 쉽지 않았다. 어느 날 꽃은 자기의 가시 네 개를 보이며 어린 왕자에게 이렇게 말했다.

"호랑이들이 와서 나를 건드려 보라지!"

"이 별에 호랑이는 없어. 그리고 호랑이는 풀을 먹지 않아." 어린 왕자는 반박했다.

"저는 풀이 아니에요." 꽃은 상냥하게 대답했다.

"미안해……."

"호랑이 같은 건 무섭지 않아요. 하지만 바람은 끔찍해요. 바람막이가 될 만한 건 없나요?"

"바람이 끔찍하다니……. 식물에게는 참 안 되었네." 어린 왕자는 예사롭게 생각하지 않았다. '이 꽃은 정말 까다롭구나…….'

"저녁엔 유리 덮개를 씌워 줘요. 이곳은 무척 춥네요. 제가 살던 곳은……."

그러나 꽃은 거기서 말을 그쳤다.

꽃은 씨앗의 형태로 이곳에 왔으니 다른 세계에 대해 알 턱이 없는 것이다. 순진한 거짓말을 하려다가 들킨 게 부끄러워서 꽃은 어린 왕자에게 잘못을 뒤집어 씌우려고 두세 번 기침을 했다.

"바람막이는요?"

"찾으러 가려고 하는데 네가 자꾸 말을 하기에⋯⋯."

그러자 꽃은 또 어린 왕자가 후회하도록 만들려고 억지로 기침을 했다.

어린 왕자는 사랑에서 우러나온 좋은 마음에도 불구하고 그 꽃을 곧 의심하게 되었다. 그는 대수롭지 않은 말을 심각하게 받아들였고 아주 불행하게 되었다.

"꽃이 말하는 걸 듣지 말았어야 하는데."

어느 날 어린 왕자는 내게 속마음을 털어놓았다.

"꽃들이 하는 말은 들어선 안 돼. 그저 바라보고 향기만 맡아야지. 내 꽃은 내 별을 온통 향기롭게 만들어 주었지만 나는 그걸 즐길 줄 몰랐어. 나를 그렇게 짜증나게 했던 발톱 이야기가 내 마음을 부드럽게 할 수도 있었는데 말이야."

어린 왕자는 계속해서 속마음을 이야기했다.

"사실 그때 난 아무것도 이해하지 못했던 거야! 말이 아니라 행동으로 그 꽃을 판단했어야 했는데. 그 꽃은 나에게 향기로움과 빛을 주었어. 거기에서 도망쳐 나오는 게 아니었는데……. 그 꽃의 어설픈 거짓말 뒤에 따뜻한 마음이 숨어 있는 걸 눈치챘어야 했는데. 꽃들은 정말이지 모순투성이야! 꽃을 사랑하는 법을 알기엔 내가 너무 어렸어."

#9

    나는 그가 철새들의 이동을 이용해서 그의 별을 빠져나왔으리라 생각한다. 떠나는 날 아침 그는 별을 깨끗이 청소했다.

    활화산도 정성스럽게 청소했다. 활화산은 두 개였는데, 그것들은 아침마다 음식을 데우는 데 아주 유용했다. 사화산도 하나 있었다. 그는 "어떻게 될지 아무도 모르지!"라고 말하면서 사화산도 청소했다. 청소만 잘 해준다면 화산들은 폭발하는 일 없이 천천히 지속적으로 불타오른다. 화산 폭발은 굴뚝에 불이 나는 것과 같다.

    지구 위에 사는 우리는 몸집이 너무 작아 화산을 청소하기 어

렵다. 그래서 우리는 화산 폭발 때문에 어려움을 겪는 것이다.

어린 왕자는 쓸쓸한 마음으로 바오밥나무의 마지막 싹들을 뽑았다. 그는 다시는 돌아오지 않을 생각이었다.

마지막 날 아침, 늘 하던 익숙한 그 일들이 그에게 유난히 정겹게 느껴졌다. 그래서 마지막으로 꽃에 물을 주고, 유리 덮개를 씌워줄 때, 그는 울고만 싶었다.

"잘 있어." 그는 꽃에게 말했다.

그러나 꽃은 아무런 말도 하지 않았다.

"잘 있어." 그는 다시 말했다.

꽃은 기침을 했다. 그러나 감기에 걸린 건 아니었다.

"내가 바보였어." 이윽고 꽃이 말했다.
"용서해 줘. 그리고 부디 행복해."

어린 왕자는 꽃이 비난하지 않아서 놀랐다. 그는 유리 덮개를 들고 멍하니 서 있었다.
그는 꽃이 이렇게 조용하고 다정하다니 도무지 이해가 가지 않았다.

"나는 너를 사랑해." 꽃이 그에게 말했다.
"네가 알아채지 못한 건 내 잘못이야. 그런 건 아무래도 좋아. 하지만 너도… 너도 바보였어. 부디 행복해… 유리 덮개는 그냥 둬. 이젠 필요 없어."
"하지만 바람이……."
"내 감기는 그렇게 심각하지 않아… 시원한 밤바람이 나에게 좋을 거야. 난 꽃이잖아."
"하지만 짐승들이……."
"나비와 친해지려면 애벌레 두세 마리는 견뎌 내야지. 나비는 정말 아름답더라. 나비와 애벌레가 아니면 누가 나를 찾아오겠어. 너는 멀리 있겠지……. 커다란 짐승들이 온다고 해도 난 하나도 안 무서워. 나한텐 발톱이 있잖아.”

그러면서 꽃은 천진난만하게 가시 네 개를 내보였다.

“망설이지 마. 이미 떠나기로 결심했잖아. 어서 가!”

꽃은 우는 모습을 그에게 보이고 싶지 않았다. 그렇게도 오만한 꽃이었다…….

#10

어린 왕자는 소행성 325, 326, 327, 328, 329 그리고 330 의 이웃이 있었다. 그래서 그는 이 행성들을 방문하여 견문을 넓히기로 했다.

첫 번째 별에는 왕이 살고 있었다. 왕은 고귀한 자주색과 흰 담비 모피를 입고 단순하면서도 위엄 있는 왕좌에 앉아 있었 다.

"오! 평민이 왔군." 왕은 어린 왕자를 보고 큰 소리로 외쳤 다. 어린 왕자는 이상하게 생각했다.

'한 번도 나를 본 적이 없는데 어떻게 알아보지?'

왕들에게는 세계가 아주 단순하게 되어 있다는 것을 어린 왕자는 몰랐던 것이다. 왕에겐 모든 사람이 다 평민이다.

"짐이 그대를 더 잘 볼 수 있게 가까이 오라."

왕은 드디어 자신이 누군가에게 왕 노릇을 하게 된 게 자랑스러워 이렇게 말했다.

어린 왕자는 앉을 자리를 찾아보았지만 그 별은 왕의 화려한 담비 모피로 온통 덮여 있었다. 그래서 그는 그냥 서 있었는데, 피곤해서 하품이 나왔다.

"왕 앞에서 하품을 하다니 무례하다." 군주가 말했다. "하품을 금하노라."

"하품이 도저히 참을 수가 없어요. 오랫동안 여행을 해서 잠을 못 자서……" 어린 왕자가 당황하여 대답했다.

"그렇군. 그럼 너에게 하품을 명하노라. 나는 여러 해 전부터 하품하는 사람을 보지 못했다. 하품은 참 신기하구나. 자, 어서 다시 하품을 하라. 명령이다."

"겁이 나요……. 이제 하품이 안 나와요……." 어린 왕자는 부끄러워 어쩔 줄 몰랐다.

"흠! 흠! 그렇다면, 짐은… 다시 명령하노라. 어떤 때는 하품을 하고 어떤 때는……."

왕은 좀 다급히 내뱉었는데, 짜증이 난 것 같았다.

왕은 자기 권위가 존중되길 바란 것이다.

그는 불복종하는 하는 것을 참지 못했다. 그는 절대 군주였다. 그러나 그는 아주 좋은 사람이었기 때문에 타당한 명령을 내렸다.

왕은 예를 들어 이야기했다.

"짐이 만약 어느 장군에게 바닷새로 변하라고 명령했는데, 그 장군이 이 명령에 복종하지 않았다면, 그것은 장군의 잘못이 아니라 짐의 잘못이니라."

"앉아도 될까요?" 어린 왕자는 머뭇거리며 물었다.

"짐은 그대에게 앉기를 명하노라."

왕은 대답하면서 담비 망토 한 자락을 위엄 있게 끌어 올렸다.

그러나 어린 왕자는 의문이 들었다……. 그 별은 아주 작았다. 이 왕은 대체 무엇을 다스리는 거지?

"폐하, 죄송하지만 질문이 한 가지 있습니다……." 어린 왕자가 말했다.

"짐은 그대에게 질문하기를 명하노라." 왕은 선뜻 말했다.

"폐하께선… 무엇을 다스리고 계신가요?"

"모든 것이지." 왕은 매우 간단하게 대답했다.

"모든 것이요?"

왕은 자기 별과 이웃 행성들 그리고 다른 모든 별들을 가리켰다.

"저걸 전부 다요?" 어린 왕자가 물었다.

"저걸 전부 다." 왕이 대답했다.

왕은 절대 군주일 뿐만 아니라 우주를 지배하는 왕이기 때문이었다.

"그 별들이 폐하의 명령을 따르나요?"

"물론이로다." 왕이 대답했다.

"그들은 짐에게 복종하느니라. 짐은 불복종하는 것을 용서하지 않는다."

그 엄청난 권력에 어린 왕자는 놀라지 않을 수 없었다. 만일 어린 왕자에게 이런 힘이 있었다면 의자를 끌어당기지 않고도 하루에 해지는 것을 마흔세 번, 아니 일흔두 번, 아니 백 번이고 이백 번이고 볼 수 있을 것이다. 그러자 어린 왕자는 버려두고 그의 작은 별이 떠올라 조금 슬퍼져서 용기를 내어 왕에게 간청했다.

"저는 해가 지는 것을 보고 싶습니다… 하실 수 있으시면… 해가 지도록 명령해 주세요……."

"짐이 만약 어느 장군에게 이 꽃에서 저 꽃으로 나비처럼 날아다니라고 하거나, 비극을 한 편 쓰라고 하거나, 바닷새로 변하라고 명령을 했는데 장군이 명령을 따르지 못한다면, 그것은 짐과 장군 가운데 누가 잘못이겠는가?"

"폐하이십니다." 어린 왕자는 확실하게 대답했다.

"그렇다. 누구에게나 그가 할 수 있는 것들을 요구해야 한다." 왕은 계속했다.

"권력은 무엇보다도 이성적일 때 그 힘을 발휘할 수 있는 것이다. 네가 만일 네 백성들에게 바다 속으로 몸을 던지라고 명령한다면, 그들은 혁명을 일으킬 것이다. 짐이 복종을 요구할 권리가 있는 것은 짐의 명령이 지당하기 때문이다."

"그럼, 해가 지도록 명령하는 것은 어떤가요?"

어린 왕자는 그에게 상기시켰다.

어린 왕자는 한번 질문하면 절대로 그것을 잊어버리지 않았다.

"너는 해넘이를 보게 될 것이다. 짐이 명령할 것이다. 하지만 짐의 통치술에 따라 조건이 맞을 때까지 기다리겠다."

"언제 그렇게 될까요?" 어린 왕자가 물었다.

"흠! 흠!" 왕은 두툼한 달력을 뒤적이며 대답했다.

"흠! 흠! 그건 아마도…… 대략…… 오늘 저녁 7시 40분경이 될 것이다. 그때 너는 짐의 명령이 얼마나 잘 이행되는지 알 것이다."

어린 왕자는 하품을 했다. 해가 지는 것을 볼 수 없어 아쉬웠다. 그는 벌써 좀 지루해졌다.

"이곳에서 제가 더 할 일이 없네요. 저는 다시 떠나겠습니다."

"가지 마라." 평민이 생겨서 무척 뿌듯해했던 왕이 대답했다.

"가지 마라. 짐이 너를 대신으로 임명하겠다!"

"무슨 대신이요?"

"법무 대신!"

"하지만 이곳에는 재판 받을 사람이 없잖아요!"

"모르는 일이다! 짐은 아직 이 왕국을 제대로 돌아본 적이 없다. 짐은 이제 늙었다. 마차를 놓을 자리도 없고, 걷기도 피곤하다."

"아, 하지만 저는 벌써 다 둘러보았습니다."

어린 왕자는 몸을 돌려 그 별의 다른 쪽을 힐끗 보았다. 저쪽에도 역시 아무도 없었다.

"그럼 네 자신을 재판하라." 왕이 대답했다.

"그것이 가장 어려운 일이다. 다른 사람을 재판하는 것보다 자기 자신을 판단하는 게 훨씬 더 어려운 것이다. 네가 자신을 공정하게 재판할 수 있게 된다면, 그것은 네가 참으로 현명한 사람이기 때문이다."

"네. 하지만 저는 어느 곳에서라도 제 자신을 판단할 수 있어요. 꼭 이 행성에 살아야 할 필요는 없습니다." 어린 왕자는 대답했다.

"흠! 흠! 짐의 별 어딘가에 늙은 쥐 한 마리가 살고 있는 게 분명하다. 밤마다 그 소리가 들린다. 네가 이 늙은 쥐를 재판할 수 있겠구나. 이따금 그 쥐를 사형에 처할 수도 있다. 그러면 쥐의 생명은 너에게 달려 있는 거지. 그러나 그때마다 너는 특사를 내려 그 쥐에게 은혜를 베풀어 주도록 해라. 이곳에 쥐는 그 한 마리밖에 없으니까."

"저는 누군가에게 사형 선고를 내리는 걸 좋아하지 않아요. 이제 저는 가봐야 할 것 같아요."

어린 왕자가 대답했다.

"안 돼." 왕이 말했다.

어린 왕자는 떠날 준비가 되었지만, 늙은 왕의 마음을 슬프게 하고 싶지 않았다.

"폐하의 명령이 어김없이 복종되길 원하신다면, 저에게 지당한 명령을 내려주시면 돼요. 예를 들어, 저에게 1분 안에 떠나라고 명령하실 수 있을 겁니다. 제 생각에는 그 조건이 마련된 것 같아요……."

왕은 대답을 하지 않았다. 어린 왕자는 잠시 머뭇거렸다. 그리고 곧 한숨을 쉬며 길을 떠났다.

"너를 짐의 대사로 임명하겠다." 왕이 서둘러 소리쳤다. 위엄이 가득 차 있었다.

'어른들은 정말 이상해.' 어린 왕자는 속으로 생각하며 여행을 이어갔다.

#11

두 번째 행성에는 허영쟁이가 살고 있었다.

"아! 아! 나를 찬미하는 사람이 찾아오고 있구나!"

그는 멀리서 어린 왕자가 오는 것을 보자 소리쳤다.

허영쟁이들은 모든 사람들이 자신을 찬미하는 사람이라고 생각하기 때문이다.

"안녕하세요. 괴상한 모자를 쓰고 계시네요." 어린 왕자가 말했다.

"답례를 하기 위한 모자야." 허영쟁이가 대답했다.

"사람들이 찬사를 보내면 모자를 살짝 들어 답례를 하는 거지. 그런데 불행하게도 여기를 지나가는 사람이 아무도 없구나."

"그래요?" 무슨 말인지 알아듣지 못한 어린 왕자가 대답했다.

"두 손을 마주쳐 봐." 허영쟁이가 말했다.

어린 왕자는 두 손을 마주 쳤다. 그러자 허영쟁이는 모자를 들어올려 정중히 답례했다.

'왕을 만났을 때 보다 더 재미있네.' 어린 왕자는 속으로 생각했다. 그래서 그는 다시 손뼉을 치기 시작했다. 허영쟁이는 다시 모자를 들어올려 답례를 했다.

5분 동안 계속해서 똑같은 걸 하다 보니 어린 왕자는 이 단조로운 놀이에 싫증이 났다.

"그런데 모자를 떨어지게 하려면 어떻게 하면 되죠?"

어린 왕자가 질문했지만 허영쟁이는 못 들은 척했다. 허영쟁이들은 칭찬하는 말 외에는 들으려고 하지 않았다.

"너는 정말로 나를 숭배하지?"

"숭배한다는 게 무슨 말이에요?"

"숭배한다는 것은 내가 이 별에서 가장 잘생기고 가장 옷을 잘 입고 가장 부자고 가장 똑똑하다고 인정한다는 뜻이지."

"하지만 이 별에는 아저씨 혼자 있잖아요!"

"나를 기쁘게 해다오. 나를 숭배해다오."

"난 아저씨를 숭배해요." 어린 왕자는 어깨를 약간 으쓱하며 말했다.

"그런데 그게 그렇게 아저씨에게 중요한가요?"

그리고 어린 왕자는 그 별을 떠났다.

'어른들은 정말 이상해.' 여행을 하는 동안 어린 왕자는 이렇게 생각했다.

#12

다음 별에는 술꾼이 살고 있었다. 이번 방문은 아주 짧았지만 어린 왕자를 깊은 우울에 빠지게 만들었다.

"거기서 뭐하고 계세요?"

빈 병들과 술이 가득 찬 병들을 앞에 놓고 앉아 있는 술꾼을 보고 어린 왕자가 물었다.

"술 마시고 있다." 술꾼은 침울한 얼굴로 대답했다.

"왜 술을 마셔요?" 어린 왕자가 물었다.

"잊으려고." 술꾼이 대답했다.

"무엇을 잊어요?" 어린 왕자는 딱한 마음이 들어 캐물었다.

"부끄러움을 잊으려고." 술꾼을 고개를 떨구며 털어놓았다.

"뭐가 부끄러운데요?" 어린 왕자는 그를 도와주고 싶어 자세히 물었다.

"술 마시는 것이 부끄러워!"

술꾼은 이렇게 말을 끝내고 입을 꼭 다물어 버렸다.

어린 왕자는 난처해져 그 별을 떠났다.

'어른들은 정말 정말 이상해.' 여행을 하는 동안 어린 왕자는 이렇게 생각했다.

#13

    네 번째 별은 사업가의 별이었다. 이 사람은 얼마나 바쁜지 어린 왕자가 다가갔는데도 고개조차 들지 않았다.

    "안녕하세요? 담뱃불이 꺼졌네요." 어린 왕자가 그에게 말했다.

    "3 더하기 2는 5, 5 더하기 7은 12, 12 더하기 3은 15. 안녕. 15 더하기 7은 22, 22 더하기 6은 28. 다시 불을 붙일 시간도 없다. 26 더하기 5는 31. 휴! 이래서 5억 162만 2,731이로구나."

"뭐가 5억이에요?"

"어? 너 여태 거기 있니? 5억 1백만…… 멈추면 안 되는데…… 할 일이 너무 많아! 나는 지금 아주 중요한 일을 하고 있다고. 허튼소리 할 시간 없다. 2 더하기 5는 7……."

"뭐가 5억 1백만인데요?" 한번 질문하면 절대로 포기하지 않는 어린 왕자가 다시 물었다.

사업가가 고개를 들었다.

"나는 이 별에서 54년간 살았지만 방해를 받은 적은 딱 세 번 뿐이었어. 첫 번째는 22년 전, 어디서 날아들었는지 어지러운 거위가 한 마리가 떨어졌지. 그놈이 어찌나 요란한 소리를 내던지, 덧셈이 네 군데나 틀렸어. 두 번째는 11년 전, 관절통이 발작해서였어. 나는 운동할 시간이 없어. 빈둥거릴 시간이 없다고. 세 번째는…… 바로 지금이야! 내가 뭐라고 했었지, 5억 1백만이었나……."

"뭐가 백만인데요?"

사업가는 질문에 대답하지 않고서는 조용해지긴 틀렸다는 것을 깨달았다.

"이따금 하늘에 보이는 수백만 개의 작은 것들 말이다."

"파리들이요?"

"아니. 반짝반짝 빛나는 작은 것들."

"꿀벌들이요?"

"아니. 금빛으로 빛나는 작들 것들 말이다. 게으름뱅이들은 그걸 보고 꿈을 꾸지. 하지만 나는 아주 중요한 일을 하고 있다고. 꿈꾸고 있을 시간이 없어."

"아! 별들이군요?"

"그래, 별 말이야."

"아저씨는 5억 1백만 개의 별로 뭘 하는 거에요?"

"5억 162만 2,731개야. 나는 중요한 일을 하고 있다고. 나는 정확하지."

"그래서 아저씨는 그 별들을 가지고 뭘 하는데요?"

"뭘 하느냐고?"

"네."

"아무 것도 안 해. 그냥 가지고만 있는 거야."

"아저씨가 별들을 가지고 있다고요?"

"그래."

"하지만 나는 전에 어떤 왕을 만났는데, 그 왕이……."

"왕은 소유하지 않아. 왕은 지배하지. 그건 완전히 다른 거야."

"별을 소유하면 아저씨에게 무슨 소용이 있죠?"

"부자가 될 수 있지."

"부자가 되면 무슨 소용이 있는데요?"

"누군가 또 다른 별을 발견하면 그 별을 살 수 있지."

'이 사람도 술꾼처럼 말하네.' 어린 왕자는 생각했다.

그러나 어린 왕자는 다시 질문했다.

"어떻게 해야 별을 소유할 수 있는 건데요?"

"별들은 누구의 것이지?" 사업가는 짜증스럽게 되물었다.

"몰라요. 누구의 것도 아니죠."

"그러니 내 것이야. 내가 별을 갖기로 생각한 첫 번째 사람이니까."

"그러면 다 되는 거라고요?"

"물론이지. 네가 주인이 없는 다이아몬드를 발견했다면, 그건 네 것이야. 아무도 소유하지 않은 섬을 발견했다면, 그것도 네 것이지. 어떤 생각을 네가 맨 처음 했다면, 너는 그 생각에 특허를 낼 수 있어. 그래서 별은 내 것이지. 나보다 먼저 별을 소유하겠다고 생각한 사람이 하나도 없으니까."

"맞네요. 그럼 그걸 가지고 뭘 하는데요?"

"나는 별을 관리하지. 별을 세고 또 세지. 힘든 일이지만, 나는 원래 중요한 일을 하는 사람이야." 사업가가 말했다.

어린 왕자는 여전히 이해할 수 없었다.

"만일 내가 실크 스카프가 있다면, 나는 그걸 목에 두르고 다닐 수 있잖아요. 내가 꽃을 하나 가졌다면, 그걸 꺾어 가지고 다닐 수도 있고요. 그런데 아저씨는 하늘에서 별을 딸 수 없잖아요……." 어린 왕자가 말했다.

"그래. 그렇지만 별을 은행에 맡겨 둘 수는 있어."

"그게 무슨 말이에요?"

"그건 내가 가지고 있는 별의 수를 작은 종이에 적어 둔다는 말이야. 그 다음 나는 그 종이를 서랍 속에 넣고 열쇠로 잠가 두는 거야."

"그게 다에요?"

"그럼 됐지."

'재미있네. 시적이기도 하고. 하지만 그렇게 중요한 일은 아니네.' 어린 왕자는 생각했다.

중요한 일이라는 것에 대해 어린 왕자가 생각하는 것과 어른들이 생각하는 것이 달랐다.

"나는 꽃을 가지고 있어요." 어린 왕자는 사업가와 대화를 계속했다.

"나는 매일 꽃에 물을 줘요. 화산도 세 개를 가지고 있는데 일주일에 한 번씩은 청소를 해줘요. 어떻게 될지 몰라 휴화산도 청소하죠. 내가 꽃과 화산을 소유하고 있다는 것은 그들에게 이로운 일인데, 별들에게 아저씨는 도움이 되지 않네요……."

사업가는 뭔가 말을 하려고 했지만 대답할 말을 찾아내지 못했다. 어린 왕자는 그 별을 떠났다.

'어른들은 확실히 모두 이상하다니까.' 여행을 이어가며 어린 왕자는 이렇게 생각했다.

#14

    다섯 번째 행성은 아주 이상했다. 지금까지 본 별들 가운데 가장 작은 별이었다. 가로등 하나와 가로등 켜는 사람 하나가 있을 자리밖에 없었다. 하늘 어딘가에, 집도 없고 사람도 없는 별에 가로등과 가로등 켜는 사람이 무슨 소용이 있는 것인지 어린 왕자는 생각해 보았지만 도무지 알 수 없었다. 하지만 속으로 이렇게 생각했다.

    '이 사람도 분명 터무니없는 사람일거야. 그래도 왕이나 허영쟁이나 사업가나 술꾼 같은 엉터리들보다는 낫지. 적어도 이 사람이 하는 일에는 의미가 있어. 그가 가로등을 켜는 건, 별 하나를 빛나게 하거나 꽃 한 송이를 피어나게 하는 것과 같은 거야. 이 사람이 불을 끄면 별과 꽃을 잠들게 하는 것이지. 아주 멋진 일이네. 멋지니까 분명 쓸모 있는 일이지.'

어린 왕자는 별에 들어서며 가로등 켜는 사람에게 공손하게 인사를 했다.

"안녕하세요. 방금 왜 가로등을 껐어요?"

"명령이야."가로등 켜는 사람이 대답했다. "안녕?"

"명령이 뭐예요?"

"가로등을 끄라는 것이지. 그럼, 안녕."

그리고 그는 다시 가로등을 켰다.

"방금 왜 다시 불을 켰어요?"

"명령이야." 가로등 켜는 사람이 대답했다.

"이해가 가지 않아요." 어린 왕자가 말했다.

"이해하고 말고도 없어. 명령은 명령이니까. 안녕?"

그리고 가로등 켜는 사람은 불을 껐다.

그리고 나서 그는 빨간 네모 무늬가 있는 손수건으로 이마를 닦았다.

"나는 이곳에서 아주 끔찍한 일을 하고 있단다. 예전에는 이치에 맞는 일이었지. 아침이면 불을 끄고 저녁이 되면 불을 켰었어. 낮엔 쉴 수 있었고 밤엔 잘 수도 있었는데……."

"그럼 그 이후 명령이 바뀌었나요?"

"명령은 바뀌지 않았어. 그게 바로 비극이지! 별은 해마다 점점 빨리 도는데 명령은 바뀌지 않았다고!" 가로등 켜는 사람이 말했다.

"그래서요?" 어린 왕자가 물었다.

"지금은 행성이 1분에 한 바퀴씩 돌고 있으니, 나는 1초도 쉴 수가 없어. 1분마다 한 번씩 불을 켰다 껐다 한다고!"

"너무 재미있어요! 아저씨가 사는 이곳은 하루가 1분이라니!"

"전혀 재미있지 않아. 우리가 지금 이야기하는 동안 벌써 한 달이라는 시간이 지났단다."

"한 달이요?"

"그래. 한 달. 30분이니까. 30일이지. 그럼, 안녕."

그리고 그는 가로등을 다시 켰다.

어린 왕자는 그를 보았다.

어린 왕자는 그렇게도 명령에 충실한 이 가로등 켜는 사람이 좋았다. 어린 왕자는 의자를 끌어당겨 해가 지는 것을 보던 옛날이 생각났다. 그래서 어린 왕자는 가로등 켜는 사람을 도와주고 싶었다.

"있잖아요… 아저씨가 쉬고 싶을 때 쉴 수 있는 방법이 있어요……."

"항상 쉬고 싶지." 가로등 켜는 사람이 말했다.

사람은 누구나 성실하거나 게으를 수 있는 법이다.

어린 왕자는 이어서 말했다.

"아저씨의 별은 아주 작아서 세 발자국이면 한 바퀴를 돌 수 있어요. 해를 향해 천천히 걷기만 하면 계속 태양 아래 있을 수 있어요. 쉬고 싶으면, 걷는 거예요. 그럼 아저씨가 원하는 만큼 낮이 계속될 거예요."

"그건 나한테 별로 도움이 안 되는구나." 가로등 켜는 사람이 말했다. "내가 가장 하고 싶은 것은 잠을 자는 거야."

"안됐네요." 어린 왕자는 말했다.

"안됐지." 가로등 켜는 사람이 말했다. "안녕?"

그리고 그는 가로등을 껐다.

어린 왕자는 더 멀리 여행을 계속하며 생각했다.

'이 가로등 켜는 사람은 왕이나 허영쟁이나 술꾼이나 사업가에게 멸시를 당할 거야. 하지만 내가 보기에 우스꽝스럽지 않은 사람은 이 사람뿐이야. 그건 아마 이 사람이 자기 자신보다 다른 것에 정성을 들이고 있기 때문일 거야.'

어린 왕자는 후회스러워서 한숨을 내쉬며 다시 생각했다.

'저 사람이 내가 친구로 삼을 수 있는 유일한 사람이었는데. 그 별이 너무 작았어. 두 사람이 있을 자리가 없어……'

어린 왕자가 차마 털어놓지 못한 것은, 무엇보다도 하루에 1,440번이나 해가 지는 것을 볼 수 있는 축복을 받은 별이기 때문에 이 별을 떠나는 것이 서운했던 것이다!

#15

여섯 번째 별은 마지막 방문했던 별보다 열 배는 큰 별이었다. 그 별에는 커다란 책을 쓰는 노신사가 살고 있었다.

"오! 탐험가가 오는군!" 그는 어린 왕자가 보고 외쳤다.

어린 왕자는 책상에 앉아 숨을 돌렸다.

그는 정말 먼 길을 여행했다!

"너는 어디서 왔니?" 노신사가 물었다.

"저 큰 책은 뭐예요? 뭘 하시는 거죠?" 어린 왕자가 물었다.

"나는 지리학자란다." 노신사가 말했다.

"지리학자가 뭐예요?" 어린 왕자가 물었다.

"지리학자는 바다와 강, 도시와 산, 그리고 사막이 어디에 있는지 아는 학자를 말한단다."

"그거 참 재미있네요. 이제야 진짜 전문가를 만났네요!"

그러고는 지라학자의 별을 슬쩍 둘러보았다.

지금까지 이렇게 웅장한 별은 본 적이 없었다.

"할아버지의 별은 정말 아름다워요. 이 별에 큰 바다도 있나요?"

"모르겠구나." 지리학자가 말했다.

"아!" 어린 왕자는 실망했다. "그럼 산은요?"

"모르겠다." 지리학자가 말했다.

"그럼 도시와 강과 사막은요?"

"그것도 모르겠다."

"하지만 할아버지는 지리학자잖아요!"

"그렇지. 그러나 나는 탐험가는 아니지. 나는 이 별에서 탐험가를 한 번도 보지 못했다. 지리학자는 돌아다니면서 도시와 강과 산과 바다와 대양과 사막을 세러 다니지 않는단다. 지리학자는 아주 중요한 사람이어서 어슬렁거리며 돌아다닐 수없어. 지리학자는 책상에서 떠나지 않는단다. 그러나 서재에서 탐험가를 맞이하지. 그들에게 질문을 하고 그들의 체험을 기록하면 되는 거야. 그러다가 어느 탐험가의 이야기 중에 흥

미로운 것이 있으면 그의 품행을 조사하게 되지." 지리학자가
말했다.

"그건 왜요?"

"거짓말을 한 지리학자는 지리학자의 책에 재앙을 가져오거
든. 술을 너무 많이 마시는 탐험가도 마찬가지야."

"그건 왜요?"

"술 취한 사람 눈에는 모든 것이 두 개로 보이거든. 그러면
지리학자는 실제로 산이 하나밖에 없는 곳에 둘이 있다고 기
록하게 될 테니까."

"좋지 않은 탐험가가 될 것 같은 사람을 저도 하나 알고 있
어요." 어린 왕자가 말했다.

"그럴 수도 있지. 품행이 좋아 보이는 탐험가라도 그가 발견
한 것을 조사해야 한단다."

"직접 보러 가나요?"

"아니. 그러려면 너무 번거롭지. 하지만 탐험가에게 증거물
을 요구하지. 예를 들어 큰 산을 발견했다고 하면 그 산에서 큰
돌 몇 개를 가져오라고 요구한단다."

지리학자는 갑자기 흥분하며 말했다.

"너… 너도 멀리서 왔지! 너도 탐험가구나! 네 별에 대해 자

세히 얘기해 보렴!"

그리고 지리학자는 큰 공책을 펼치고 연필을 깎았다. 탐험가의 이야기는 먼저 연필로 기록한다. 잉크로 적기 전에 탐험가가 증거물을 가져올 때까지 기다려야 한다.

"자?" 지리학자는 기대감에 차서 물었다.

"아, 내가 사는 곳은 별로 재미있는 곳은 아니에요. 아주 작아요. 화산이 세 개 있어요. 두 개는 활화산이고 하나는 사화산이에요. 하지만 어떻게 될지 아무도 모르죠."

"아무도 모르지." 지리학자가 말했다.

"꽃도 한 송이 있어요."

"꽃은 기록하지 않는단다." 지리학자가 말했다.

"왜요? 내 별에서 꽃이 제일 아름다운데요!"

"꽃은 덧없는 것이니까 적지 않는단다."

"'덧없다'는 게 무슨 뜻이에요?"

"지리학 책은 모든 책 중에서 가장 중요한 것을 담고 있다. 절대로 유행을 타지 않는단다. 산이 자리를 옮기는 것은 아주 드문 일이지. 큰 바다의 물이 마르는 일도 정말 드문 일이다. 우리는 영원한 것들을 기록한단다."

"하지만 사화산이 다시 살아날 수도 있잖아요." 어린 왕자가 끼어들었다.

"도대체 '덧없다'는 게 무슨 뜻이죠?"

"화산이 죽었건 살았건, 우리에게는 마찬가지야." 지리학자가 말했다.

"우리에게 중요한 것은 산이야. 산은 변하지 않아."

"그런데 '덧없다'는 게 무슨 뜻이죠?"

한번 질문을 하면 절대로 포기한 적이 없는 어린 왕자가 다시 물었다.

"그건 '금방 사라질 위험이 있다'는 뜻이다."

"내 꽃이 금방 사라질 위험이 있다고요?"

"물론이지."

'내 꽃이 덧없구나.' 어린 왕자는 생각했다.

'내 꽃은 세상에 맞서 저를 보호할 수 있는 무기라고는 네 개의 가시뿐인데. 나는 그런 꽃을 내 별에 혼자 두고 왔구나!'

이것이 어린 왕자가 처음으로 느낀 후회의 감정이었다. 그러나 그는 다시 용기를 내었다.

"저에게 지금 가보라고 권할 곳이 있으세요?" 그가 물었다.

"지구에 가보렴." 지리학자가 대답했다. "평판이 좋은 별이지."

어린 왕자는 자기 꽃을 생각하며 길을 떠났다.

#16

이렇게 일곱 번째 별은 지구였다.

지구는 평범한 별이 아니다.

이곳에는 왕이 111명(물론 흑인 왕까지 포함해서), 지리학자가 7천 명, 사업가가 90만 명, 술꾼이 750만 명, 허영쟁이가 3억 1100만 명, 다시 말해서 20억 명의 어른들이 살고 있다.

여러분에게 지구가 얼마나 큰지 말하자면, 전기가 발견되기 전까지 육대주 전체에 가로등을 켜기 위해서는 46만 2,511명의 가로등 켜는 사람들이 군대처럼 유지되어야 했다는 것이다.

좀 멀리서 바라보면 굉장한 광경이었다.

이 군대의 움직임은 오페라 발레단처럼 질서 정연했다. 먼저 뉴질랜드와 오스트레일리아의 가로등 켜는 사람들의 차례이다. 그들은 불을 켜고 잠을 자러 간다. 그 다음 중국과 시베리아의 가로등 켜는 사람들이 춤을 추러 들어오고, 그들 역시 무대 뒤로 손을 흔들며 사라진다.

그러면 러시아와 인도의 가로등 켜는 사람들의 차례가 되고, 다음은 아프리카와 유럽의 가로등 켜는 사람들 차례가 되고, 이어서 남아메리카와 북아메리카의 차례가 된다.

그들은 무대에 등장하는 순서에 절대 실수하는 법이 없었다. 정말 대단했다.

오로지 북극에서 가로등을 켜는 사람과 남극에서 가로등을 켜는 그의 하나뿐인 동업자, 이 두 사람만 한가롭게 걱정 없이 살고 있었다. 그들은 1년에 두 번씩만 일을 하면 되었다.

#17

재치 있게 굴려다 보면 진실에서 약간 벗어나는 경우가 있다. 가로등 켜는 사람들의 이야기를 하면서 내가 여러분에게 아주 정직했던 것은 아니다.

그리고 우리 별을 잘 모르는 사람들이 지구에 대해 잘못된 생각을 가지게 될 수도 있다는 걸 깨달았다.

지구에서 사람들이 차지하는 공간은 아주 작다.

지구에 살고 있는 20억의 인구가 큰 집회를 위해 모인 것처럼 반듯하게 밀집해서 줄을 서면 가로 20마일, 세로 20마일의 광장 하나에 어렵지 않게 들어설 수 있다. 태평양 작은 섬 하나에 전 인류를 겹쳐서 쌓을 수 있다.

물론 여러분이 이렇게 말하면 어른들은 믿지 않을 것이다.

그들은 자기들이 넓은 자리를 차지하고 있다고 생각한다.

바오밥 나무처럼 자기들이 중요하다고 생각한다. 그러면 그들에게 계산을 좀 해보라고 하자. 그들은 숫자를 좋아하니까 아주 좋아할 것이다.

하지만 여러분들까지 이런 일에 시간을 낭비할 것은 없다. 쓸모 없다. 나를 믿으라.

지구에 도착했을 때, 어린 왕자는 사람이 하나도 보이지 않아 깜짝 놀랐다. 혹시 다른 별에 잘못 찾아온 게 아닌가 걱정을 하고 있는데, 금색 달빛의 둥근 고리 하나가 모래밭에서 꿈틀거렸다.

"안녕." 어린 왕자가 친절하게 인사했다.

"안녕." 뱀이 말했다.

"내가 지금 떨어진 이 별은 무슨 별이지?" 어린 왕자가 물었다.

"이곳은 지구야. 아프리카야." 뱀이 대답했다.

"아! 그런데 지구에는 사람이 없나 봐?"

"여긴 사막이야. 사막에는 사람이 없지. 지구는 크단다." 뱀이 말했다.

어린 왕자는 돌 위에 앉아 하늘을 올려다보았다.

"나는 누구나 어느 날 자기 별을 다시 찾을 수 있도록 별들
이 저렇게 빛을 내고 있는 건 아닐까 하는 생각이 들어……. 내
별을 봐. 바로 우리 머리 위에 있어. 그런데 이렇게나 멀다니!"

"아름답구나." 뱀이 말했다. "그런데 여긴 왜 왔니?"

"어느 꽃하고 문제가 좀 있었거든." 어린 왕자가 말했다.

"아!" 뱀이 말했다.

그리고 그들은 말이 없었다.

"사람들은 어디에 있니?" 마침내 어린 왕자가 다시 대화를 시작했다.

"사막은 좀 외롭구나……."

"사람들이 있는 곳도 외롭기는 마찬가지야." 뱀이 말했다.

어린 왕자는 한참 동안 뱀을 바라보았다.

"너는 재미있는 동물이구나." 마침내 그가 말했다. "손가락처럼 가느다랗고……."

"하지만 나는 왕의 손가락보다 더 강하지." 뱀이 말했다.

어린 왕자는 미소를 지었다.

"너는 강할 것 같지 않은데. 발도 없고. 여행도 할 수 없고……."

"나는 너를 배보다 더 멀리 데려갈 수 있어." 뱀이 말했다.

그는 마치 황금팔찌처럼 어린 왕자의 발목을 휘감았다.

"누구든지 내가 건드리면 자기가 태어난 흙으로 돌아가야 해." 뱀은 다시 말했다. "하지만 넌 순진하고 또 다른 별에서 왔으니까……."

어린 왕자는 아무 대답도 하지 않았다.

"너처럼 연약한 아이가 이 화강암의 지구에 있다니… 너무 가엾구나." 뱀이 말했다. "어느 날, 네 별이 너무 그리워지면 내가 널 도와줄 수 있어. 나는……."

"오! 잘 알았어." 어린 왕자가 말했다. "그런데 왜 너는 늘 수수께끼를 내듯이 말을 하니?"

"나는 모두 풀거든." 뱀이 말했다.

그리고 그들은 말이 없었다.

#18

어린 왕자가 사막을 가로지르며 만난 것은 오직 꽃 한 송이였다. 꽃잎이 세 장만 달려 있는 볼품이 없는 꽃이었다.

"안녕." 어린 왕자가 말했다.
"안녕." 꽃이 말했다.
"사람들은 어디 있니?" 어린 왕자가 친절하게 물었다.

꽃은 언젠가 상인들이 지나가는 것을 본 적이 있었다.

"사람들? 예닐곱쯤 있는 것 같아. 몇 년 전에 그들을 보았어.

하지만 어디에 가야 만날 수 있을지 전혀 알 수 없지. 바람이 그들을 데리고 다니거든. 사람들은 뿌리가 없어서 아주 힘들게 살지."

"잘 있어." 어린 왕자가 말했다.

"잘 가." 꽃이 말했다.

#19

어린 왕자는 높은 산에 올라갔다. 그가 그때까지 알고 있던 산이라곤 무릎 높이의 화산 세 개뿐이었다. 게다가 사화산은 발판으로 쓰고 있었다.

'이렇게 높은 산에서라면 이 별 전체와 모든 사람들을 한눈에 볼 수 있을 거야……'

그러나 그는 뾰족하게 솟은 바위 꼭대기밖에는 아무것도 보지 못했다.

"안녕." 어린 왕자는 공손하게 말했다.

"안녕… 안녕… 안녕……." 메아리가 대답했다.

"너는 누구니?" 어린 왕자가 말했다.

"너는 누구니… 너는 누구니… 너는 누구니?" 메아리가 대답했다.

"내 친구가 되어 줘. 난 외로워." 그가 말했다.

"난 외로워… 외로워… 외로워." 메아리가 대답했다.

어린 왕자는 생각했다.

'정말 이상한 별이네! 아주 메마르고 아주 뾰족하고 아주 적막하고 으스스한 곳이야. 그리고 이 사람들은 상상력이 없어. 남의 말이나 따라 하고……. 내 별의 꽃은 언제나 먼저 말을 걸었는데…….'

#20

어린 왕자는 모래와 바위 그리고 눈을 헤치고 한참을 걸어서 마침내 길을 하나 발견하게 되었다. 모든 길은 사람들이 사는 곳으로 연결된다.

"안녕." 그가 말했다.

그는 장미꽃이 피어있는 정원 앞에 서있었다.

"안녕." 장미꽃들이 말했다.

어린 왕자는 그 꽃들을 바라보았다. 그들은 모두 어린 왕자의 꽃과 닮아 보였다.

"너희들은 누구니?" 그가 어리둥절해서 물었다.

"우리는 장미꽃이야." 장미꽃들이 대답했다.

어린 왕자는 슬픔에 휩싸였다. 그의 꽃은 자신이 이 세상에서 같은 종류로는 유일한 꽃이라고 말했었다. 그런데 정원 하나에 이렇게 비슷한 꽃이 5천 송이나 있다니!

'내 꽃이 이걸 보면 무척 화가 나겠지…….' 어린 왕자는 생각했다. '큰 소리로 기침을 하면서 웃음거리가 되지 않으려고 죽는시늉을 하겠지. 그럼 나는 어쩔 수 없이 꽃을 간호하는 척해야 할 거야. 그렇지 않으면 나한테 상처를 주려고 정말 죽어버릴지도 몰라…….'

그리고 그는 이런 생각도 했다.

'나는 내가 세상에 하나밖에 없는 꽃을 가진 부자라고 생각했는데, 흔한 장미꽃 하나를 가진 거였어. 평범한 장미꽃 하나와 무릎높이의 화산 세 개, 그것도 하나는 영원히 죽어 있을지도 모르는데… 그런 걸 가지고 내가 어떻게 훌륭한 왕자가 되겠어…….'

그는 풀밭에 엎드려 울었다.

#21

여우가 나타난 것은 바로 그때였다.

"안녕." 여우가 말했다.

"안녕." 어린 왕자가 예의 있게 대답하고 뒤돌아 봤지만 아무것도 보이지 않았다.

"난 여기 있어." 그 목소리가 말했다. "사과나무 아래야."

"넌 누구니?" 어린 왕자가 묻고는 덧붙였다.

"넌 정말 예쁘게 생겼구나."

"난 여우야." 여우가 말했다.

"이리 와서 나하고 놀자." 어린 왕자가 제안했다.

"난 너무 슬프거든."

"난 너하고 놀 수 없어." 여우가 말했다.

"난 길들여지지 않았거든."

"아! 미안해." 어린 왕자가 말했다.

그러나 곰곰이 생각한 후에 다시 덧붙였다.

"그런데 '길들인다'는 게 무슨 뜻이야?"

"너는 여기 살지 않는구나." 여우가 말했다. "너는 무얼 찾고 있니?"

"사람들을 찾고 있어." 어린 왕자가 말했다.

"그런데 '길들인다'는 게 무슨 뜻이야?"

"사람들은 총을 가지고 있고 사냥을 해. 정말 무시무시하지. 그들은 닭도 키워. 그들의 유일한 낙이야. 너도 닭을 찾고 있니?" 여우가 말했다.

"아니야." 어린 왕자가 말했다. "난 친구를 찾고 있어. 그런데 '길들인다'는 게 무슨 뜻이야?"

"그건 모두에게 너무 무시되고 있는 것이지." 여우가 말했다. "관계를 맺는다는 뜻이야."

"관계를 맺는다고?"

"응. 너는 아직 나에게 이 세상에 수많은 아이들과 전혀 다를 게 없는 한 아이에 지나지 않아. 그래서 나는 네가 필요 없어. 너도 역시 내가 필요 없지. 나도 이 세상에 수많은 여우들 중 하나일 뿐이니까. 하지만 네가 나를 길들인다면 우리는 서로 필요하게 되지. 너는 나에게 이 세상에 유일한 존재가 될 거야. 나는 너에게 이 세상에 유일한 존재가 될 거고……."

"무슨 뜻인지 알 것 같아." 어린 왕자가 말했다. "꽃이 하나 있는데… 그 꽃이 나를 길들인 것 같아……."

"그럴 수 있어. 지구에는 별의별 게 다 있으니까……." 여우가 말했다.

"오, 지구에서가 아니야!" 어린 왕자가 말했다.
여우는 당황하면서도 몹시 흥미로워하는 것 같았다.
"다른 별에서야?"

"그래."

"그 별에도 사냥꾼이 있어?"

"아니."

"아, 재미있네! 그럼 닭은?"

"없어."

"완벽한 것은 없지." 여우는 한숨을 내쉬었다.

그러나 여우는 다시 그의 생각을 이야기했다.

"내 생활은 아주 단조로워. 나는 닭을 사냥하고 사람들은 나를 사냥하지. 닭들은 모두 비슷하게 생겼고 사람들도 모두 다 비슷하게 생겼어. 그래서 난 좀 지겨워. 하지만 네가 나를 길들인다면 내 생활은 태양 빛을 받은 듯 환해질 거야. 나는 모든 발자국 소리와는 다른 발자국 소리를 알아듣게 될 거야. 다른 발자국 소리는 나를 땅속으로 숨게 하지. 하지만 네 발자국 소리는 음악처럼 나를 굴 밖으로 불러낼 거야. 저길 봐. 밀밭이 보이지? 나는 빵을 먹지 않아. 밀은 나에게 쓸모가 없지. 밀밭을 보아도 난 떠오르는 게 전혀 없어. 슬픈 일이야. 하지만 네 머리칼은 금빛이야. 네가 날 길들인다면 얼마나 멋질지 생각해 봐! 밀도 금빛이니까 나는 네 생각이 날 거야. 그러면 나는 밀밭에 스치는 바람 소리를 사랑하게 되겠지……."

여우는 오랫동안 어린 왕자를 바라보았다.

"부탁이야… 나를 길들여 줘!" 여우가 말했다.

"나도 그러고 싶지만 시간이 없어. 나는 친구들을 찾아야 하고 알아야 할 것도 너무 많아."

어린 왕자가 대답했다.

"자기가 길들인 것만 알 수 있는 거야. 사람들은 어느 것도 알 시간이 없어. 사람들은 미리 만들진 것을 모두 상점에서 사지. 하지만 친구를 파는 상점은 없어. 그래서 사람들은 친구가 없는 거야. 네가 친구를 갖고 싶다면, 나를 길들여 줘……." 여우가 말했다.

"어떻게 해야 하는데?" 어린 왕자가 물었다.

"아주 참을성이 있어야 해. 먼저 나한테서 조금 떨어져 앉아서… 그래 그렇게… 풀밭에 앉는 거야. 내가 곁눈질로 널 볼 텐데, 너는 아무 말도 하지 마. 말은 오해의 근원이거든. 하지만 하루하루 너는 나에게 조금씩 가까이 앉아도 돼……." 여우가 대답했다.

이튿날 어린 왕자는 다시 왔다.

"같은 시간에 왔으면 더 좋았을 텐데." 여우가 말했다.

"가령 오후 4시에 네가 온다면 나는 3시부터 행복해지기 시작할거야. 시간이 흐를수록 난 더 행복해질 거야. 4시가 되면, 나는 벌써 안절부절못하게 될 거야. 내가 얼마나 행복한지 네가 보게 되겠지! 하지만 네가 아무 때나 온다면, 난 몇 시에 내 마음을 준비해야 할지 알 수 없을 거야……. 의례가 필요해."

여우가 말했다.

"의례가 뭐야?" 어린 왕자가 물었다.

"그것도 모두 잊고 있는 것이지. 그건 어떤 날을 다른 날과
는 다르게, 어떤 시간을 다른 시간과는 다르게 만드는 거야. 예
를 들면, 나를 잡으려는 사냥꾼들에게도 의례가 있지. 그들은
매주 목요일마다 마을 아가씨들과 춤을 춘단다. 그래서 목요
일은 나한테 최고의 날이야! 나는 포도밭까지 산책을 나가. 만
약 사냥꾼들이 아무 날에나 춤을 춘다면 그날이 그날이라, 나
에게 휴일은 없을 거야." 여우가 말했다.

그래서 어린 왕자는 여우를 길들였다.

그리고 어린 왕자는 떠날 시간이 가까워졌다…….

"아… 울음이 나올 것 같아." 여우가 말했다.

"네 잘못이야. 난 너를 조금도 아프게 하고 싶지 않았어. 네
가 길들여 달라고 해서……."어린 왕자가 말했다.

"맞아." 여우가 말했다.

"그런데 너는 울려고 하잖아!" 어린 왕자가 말했다.

"맞아." 여우가 말했다.

"길들여진다고 너한테 좋은 것도 없잖아!"

"좋은 것도 있어. 저 밀밭의 색깔이 있으니까." 여우가 말했다.

그리고 그는 덧붙였다.

"가서 장미꽃들을 다시 봐. 네 장미꽃은 이 세상에 단 하나 뿐이란 걸 알게 될 거야. 그리고 나서 작별 인사를 하러 네가 다시 돌아오면, 선물로 비밀 하나를 알려 줄게."

어린 왕자는 장미꽃들을 다시 보러 갔다. 그리고 꽃들에게 말했다.

"너희들은 내 장미를 전혀 닮지 않았어. 너희들은 아직 아무것도 아니야. 아무도 너희들을 길들이지 않았고, 너희들은 아무도 길들이지 않았어. 너희들은 내가 여우를 처음 만났을 때와 같아. 수많은 다른 여우들과 다를 게 없었지. 그러나 내가 그의 친구가 되었고, 이제 그는 세상에 단 하나뿐인 여우가 됐어."

이 말에 장미꽃들은 아주 당황했다.

"너희들은 아름다워. 그러나 너희들은 비어 있어. 누구도 너희들을 위해 죽을 수는 없을 거야. 물론 어느 평범한 행인은 내 장미도 너희들과 비슷하다고 생각할 거야. 하지만 내 꽃 한 송이는 너희들 전부보다 더 소중해. 내가 물을 준 꽃이니까. 내가 유리 덮개를 씌워 준 꽃이니까. 내가 바람막이로 바람을 막아 준 꽃이니까. 내가 벌레를 잡아준 꽃이니까. (나비가 되라고 두세 마리만 남기고.) 내가 불평을 들어주고, 허풍을 들어주고, 침묵까지 들어 준 꽃이니까. 그것이 내 장미이기 때문이야."

그리고 그는 다시 여우에게 돌아왔다.

"잘 있어." 어린 왕자가 말했다.

"잘 가." 여우가 말했다. "이제 비밀을 말해 줄게. 아주 간단해. 오직 마음으로 보아야 잘 볼 수 있어. 가장 중요한 것은 눈에 보이지 않아."

"가장 중요한 것은 눈에 보이지 않아." 어린 왕자는 기억해두려고 되풀이했다.

"너의 장미를 그토록 소중하게 만든 건 네가 장미에게 소비한 시간 때문이야."

"내가 장미에게 소비한 시간 때문이야……."
어린 왕자는 기억해두려고 되풀이했다.

"사람들은 이 진실을 잊어버렸어." 여우는 말했다. "하지만 너는 잊으면 안 돼. 네가 길들인 것에 너는 언제까지나 책임이 있어. 너는 네 장미에게 책임이 있어……."

"나는 내 장미에게 책임이 있어."
어린 왕자는 기억해두려고 되풀이했다.

#22

"안녕하세요." 어린 왕자가 말했다.

"안녕." 전철수가 말했다.

"아저씨는 여기서 뭘 하세요?" 어린 왕자가 물었다.

"나는 승객들을 천 명씩 나누고 있지." 전철수가 말했다. "사람들을 싣고 가는 기차를 어느 때는 오른쪽으로, 또 어느 때는 왼쪽으로 보내고 있는 거야."

불을 환하게 켠 급행열차가 천둥 같은 소리를 내며 전철수의 통제실을 뒤흔들었다.

"저 사람들은 아주 바쁜가 봐요." 어린 왕자가 말했다. "그들은 뭘 찾고 있죠?"

"그건 기관사도 모른단다." 전철수가 말했다.

그러자 이번에는 반대편에서 불을 환하게 켠 두 번째 급행열차가 천둥 같은 소리를 냈다.

"그 사람들이 벌써 돌아오는 건가요?" 어린 왕자가 물었다.

"그 사람들이 아니란다." 전철수가 말했다. "서로 자리를 바꾸는 거야."

"그들은 살던 곳이 마음에 들지 않았나요?" 어린 왕자가 물었다.

"사람들은 살고 있는 곳에서 결코 만족하는 법이 없지." 전철수가 말했다.

그러자 불을 환하게 켠 세 번째 급행열차가 천둥소리를 냈다.

"이 사람들은 첫 번째 여행자들을 쫓아가는 건가요?"

"그들은 아무것도 쫓지 않는단다." 전철수가 말했다. "기차 안에서 잠을 자거나 그렇지 않으면 하품이나 하고 있지. 아이들만이 유리창에 코를 납작하게 대고 있어."

"아이들만이 자기들이 뭘 찾는지 알고 있어요. 아이들은 헝겊 인형과 시간을 보내고, 그래서 아이들에게 인형은 아주 중요한 것이 되는 거예요. 그걸 빼앗기면 아이들은 울어요……."
어린 왕자가 말했다.

"아이들은 운이 좋구나." 전철수가 말했다.

#23

"안녕하세요." 어린 왕자가 말했다.

"안녕." 장사꾼이 말했다.

그는 갈증을 해소해주는 최신 개량 알약을 파는 사람이었다. 일주일에 한 알만 먹으면 목이 마르지 않게 해주는 약이었다.

"아저씨는 왜 이런 걸 팔아요?" 어린 왕자가 물었다.

"꽤 많은 시간을 절약할 수 있거든." 장사꾼이 말했다. "전문가들이 계산을 했어. 이 약을 먹으면 일주일에 53분이 절약된단다."

"53분을 절약해서 뭘 하는데요?"

"자기가 하고 싶은 걸 하지……."

'나라면, 53분을 마음대로 쓸 수 있다면, 샘물까지 천천히 걸어가야지…….' 어린 왕자는 혼자 생각했다.

#24

사막에서 비행기 사고가 난 지 여드레째 되는 날이었다.

나는 저장해둔 물의 마지막 한 방울을 마시면서 장사꾼에 대한 이야기를 듣고 있었다.

"아, 너의 지난 이야기는 정말 재미있구나. 그런데 난 아직도 비행기를 고치지 못했어. 마실 물도 떨어지고, 정말 나도 샘물이 있는 곳으로 천천히 걸어갈 수 있다면 좋겠다!" 나는 어린 왕자에게 말했다.

"내 친구 여우가……."

"꼬마 친구야, 지금 여우 이야기를 할 때가 아니야!"

"왜?"

"난 목이 말라 죽을 거 같다고……."

그는 내 말을 이해하지 못하고 이렇게 대답했다.

"죽어간다고 해도 한때 친구를 가졌다는 것은 좋은 일이야. 나는 여우 친구가 있어서 정말 기뻐……."

'얘는 지금 얼마나 위험한지 모르는구나. 이 아이는 배고 프지도 목마르지도 않나 봐. 햇빛만 조금 있으면 되는가 보 네…….' 나는 혼자 생각했다.

그러나 어린 왕자는 나를 물끄러미 바라보더니 내 생각에 대답을 했다.

"나도 목이 말라. 우물을 찾아보자……."

나는 지친 내색을 했다.

이 넓은 사막에서 무작정 우물을 찾는다니 어리석은 짓이다.

그러나 우리는 걷기 시작했다.

말없이 몇 시간을 걷고 나니, 어둠이 깔리고 별들이 반짝이 기 시작했다. 나는 갈증 때문에 약간 열이 나서, 꿈속에 있는 듯 그 별들을 바라보았다. 어린 왕자의 말이 내 기억 속에서 가 물가물 했다.

"그럼 너도 목이 마르니?" 나는 물었다.

그러나 그는 내 질문에 대답하지 않았다. 단지 이렇게 말했다.

"물은 마음에도 좋을 거야……."

나는 그의 대답을 이해할 수 없었지만 아무 말도 하지 않았다. 그에게 물어봤자 소용없다는 것을 나는 잘 알고 있었다.

그는 지쳐 있었다. 그가 주저앉았다.

나도 어린 왕자 곁에 앉았다. 잠시 침묵하던 그가 입을 열었다.

"별들이 아름다워. 그건 보이지 않는 꽃 한 송이가 있기 때문이야."

"응. 그렇지." 나는 대답하고 달빛 아래 주름지어 펼쳐진 모래 언덕들을 말없이 바라보았다.

"사막은 아름다워." 어린 왕자가 덧붙였다.

그건 사실이었다. 나는 언제나 사막을 사랑했다. 모래 언덕 위에 앉으면 아무 것도 보이지 않고 아무 소리도 들리지 않는다. 그러나 고요함 속에서도 생동하고 빛나는 어떤 것이 있다…….

"사막이 아름다운 건 어딘가에 우물을 숨기고 있기 때문이야……." 어린 왕자가 말했다.

나는 사막이 왜 그렇게 신비롭게 빛이 나는지 문득 깨닫고 놀랐다. 어렸을 때 나는 오래된 낡은 집에 살았다. 그 집에는 보물이 숨겨져 있다는 이야기가 전해져 오고 있었다.

물론 아무도 그 보물을 발견하지 못했고, 어쩌면 찾으려 하지도 않았을 것이다. 그러나 그 보물은 우리 집을 신비롭게 만들었다. 우리 집은 그 깊숙한 곳에 비밀을 감추고 있었으니까…….

"그래. 집이나 별이나 사막이나 그걸 아름답게 하는 것은 눈에 보이지 않지!" 나는 어린 왕자에게 말했다.

"아저씨가 나의 여우와 같은 생각이어서 너무 기뻐." 그가 말했다.

어린 왕자가 잠이 들어 나는 그를 안고 다시 걷기 시작했다. 나는 뭉클했다. 부서지기 쉬운 보물을 안고 가는 기분이었다. 지구상에 그보다 더 부서지기 쉬운 것은 없으리라는 느낌마저 들었다. 달빛 아래 비친 그 창백한 이마, 그 감긴 눈, 바람에 나부끼는 그 머리칼을 바라보며 나는 생각했다.

'내가 지금 보고 있는 것은 껍데기에 지나지 않아. 가장 중요한 것은 눈에 보이지 않아……'

그의 반쯤 열린 입술에 희미하게 떠오르는 미소를 보고 나는 또 생각했다.

'잠든 어린 왕자의 모습에 내가 이렇게 감동하는 것은, 장미 한 송이에게 주는 그의 성실한 마음 때문이야……. 이렇게 잠이 들어도 등불처럼 환하게 그의 가슴속에서 반짝거리는 한 송이 장미꽃의 모습이 있기 때문이야……'

나는 그가 더욱 부서지기 쉬울 것만 같았다. 그를 잘 지켜야 할 것 같았다. 한 줄기 바람에도 꺼질 수 있으니……

그리고 나는 이렇게 걷다가 날이 밝을 무렵 우물을 발견했다.

#25

"사람들은 급행열차에 올라타면서도 자기들이 찾는 게 무엇인지도 모르고 있어. 그저 들떠서 서두르며 빙빙 도는거야……." 어린 왕자가 말했다.

그리고 덧붙였다.

"그럴 필요가 없는데……."

우리가 찾아낸 우물은 사하라 사막의 다른 우물들과는 달랐다. 사하라 사막의 우물은 모래 속에 파인 구덩이일 뿐이다. 이 우물은 마을에 있는 우물 같았다. 그러나 이곳에는 마을이 없었기 때문에 나는 꿈을 꾸는 것만 같았다…….

"이상해." 나는 어린 왕자에게 말했다. "모두 준비되어 있잖아. 도르래랑 두레박에 밧줄까지……."

그는 웃으며 밧줄을 잡고 도르래를 움직였다. 오랜만에 부는 바람에 낡은 풍향계가 삐걱거리듯 도르래가 삐걱거렸다.

"아저씨, 들리지?" 어린 왕자가 말했다. "우리가 우물을 깨웠더니 우물이 노래를 하네……."

나는 그에게 밧줄을 가지고 힘든 일을 시키고 싶지 않았다.

"내가 하마. 너한테는 너무 무겁다."

나는 천천히 두레박을 우물의 가장자리에 들어올려 움직이지 않게 놓았다. 이 일은 행복하고도 피곤했다. 내 귓속에서는 도르래의 노래가 계속 울렸고, 나는 여전히 출렁거리는 물 속에서 햇빛이 어른거리는 것을 보았다.

"목이 말라. 이 물을 마시고 싶어." 어린 왕자가 말했다. "마시게 해 줘……."

나는 어린 왕자가 찾고 있던 것이 무엇인지 알았다.

나는 두레박을 그의 입술까지 들어올렸다. 그는 눈을 감고 물을 마셨다. 축제나 되는 것처럼 즐거웠다. 이 물은 보통 양식과는 아주 다른 것이었다. 별빛 아래를 걸어온 발걸음과 도르래의 노래와 내 팔의 노력에서 태어난 물이었다.

그것은 선물처럼 마음을 흐뭇하게 했다.

내가 어린 아이였을 때, 크리스마스트리의 불빛, 자정 미사의 음악, 다정한 사람들의 미소가 바로 내가 받은 크리스마스 선물을 빛나게 했다.

"아저씨가 사는 별의 사람들은 정원 하나에 장미꽃을 오천 송이나 가꾸고 있지만… 그곳에서 자기들이 원하는 것을 찾지 못해." 어린 왕자가 말했다.

"그들은 찾지 못하지." 나는 대답했다.

"그들이 찾고자 하는 것을 장미꽃 한 송이에서나 물 한 모금에서도 찾을 수 있을 텐데……."

"그렇지." 내가 말했다.

그리고 어린 왕자는 덧붙였다.

"하지만 눈은 장님이야. 마음으로 찾아야 해."

나도 물을 마셨다. 한 숨 돌릴 수 있었다. 해가 떠오르면 모래는 벌꿀과 같은 색깔이다. 나는 이 벌꿀 색깔에도 행복해졌다. 그런데 왜 이런 슬픈 마음이 드는 것인가?

"아저씨는 약속을 지켜야 해." 어린 왕자가 부드럽게 말했다. 그는 다시 내 곁에 앉아 있었다.

"무슨 약속?"

"알잖아……. 내 양에게 씌울 입마개… 나는 내 꽃에 책임이 있어……."

나는 주머니에서 대충 끄적거린 그림들을 꺼냈다. 어린 왕자는 그림들을 보고 웃으며 말했다.

"이 바오밥나무들, 꼭 양배추 같아."

"오!"

나는 내 바오밥나무들에 정말 자신이 있었는데!

"이 여우는… 귀가 꼭 뿔 같아. 그리고 너무 길어."

그리고 그는 또 웃었다.

"어린 왕자, 넌 불공평해. 나는 속이 보이는 보아뱀과 속이 보이지 않는 보아뱀밖에 그릴 줄 모르잖니." 내가 말했다.

"오, 괜찮을 거야." 그가 말했다. "아이들은 다 알아보니까."

그래서 나는 입마개 하나를 연필로 그렸다. 그리고 그걸 그에게 주려니 가슴이 아팠다.

"너에겐 내가 모르는 계획이 있지." 내가 말했다.

그러나 그는 대답하지 않고 이렇게 말했다.

"있잖아… 내가 지구에 온 지… 내일이면 일 년이야."

잠시 후 다시 입을 열었다.

"나는 바로 이 근처에 떨어졌었어."

그리고 그는 얼굴을 붉혔다.

또다시 나는 까닭도 모르는 이상한 슬픔을 느꼈다. 그러면서도 한 가지 의문이 생겼다.

"그럼 일주일 전에… 내가 널 처음 만난 그날 아침에, 마을에서 수천 마일 떨어진 곳을 너 혼자 돌아다니고 있었던 건 우연이 아니었구나? 네가 떨어진 자리로 돌아가는 길이었구나?"

어린 왕자는 다시 얼굴을 붉혔다.

"혹시 일 년이 되어서 그런 거야?"

어린 왕자는 다시 얼굴을 붉혔다. 그는 아무런 대답도 하지 않았다. 그런데 사람이 얼굴을 붉히면 '그렇다'는 뜻이 아닌가?

"아, 나는 조금 두려워." 내가 그에게 말했다.

그러나 그가 내 말을 가로 막았다.

"아저씨는 이제 일을 해야 하잖아. 비행기로 돌아가야 해. 나는 여기서 기다릴게. 내일 저녁에 다시 와……."

그러나 나는 마음이 놓이지 않았다. 여우 생각이 났다. 자신을 길들이게 하면 어느 정도 울게 될 위험이 있다…….

#26

우물 옆에는 무너진 낡은 돌담이 있었다. 이튿날 저녁, 일을 마치고 돌아오는데 나는 멀리서 어린 왕자가 그 돌담 위에 앉아 다리를 늘어뜨리고 있는 것을 보았다. 어린 왕자가 이렇게 말하는 소리를 들었다.

"넌 기억이 나지 않는 거구나. 이 자리가 아니야."

다른 목소리가 그 말에 대답을 하고 있는 게 분명했다. 어린 왕자가 다시 그 말에 대답을 했다.

"아니, 아니야! 오늘이 맞아. 그런데 여기가 아니야."

나는 돌담을 향해 계속 걸어갔다. 그러나 아무 것도 보이지 않았고 아무 소리도 들리지 않았다. 그런데 어린 왕자는 다시 이렇게 대답하는 것이었다.

"…… 정확해. 모래 위의 내 발자국이 시작되는 곳을 보면 알 거야. 거기서 나를 기다리기만 하면 돼. 내가 오늘 밤에 거기로 갈 거야."

나는 돌담에서 겨우 20미터 떨어져 있었는데, 그때까지도 아무 것도 보이지 않았다.

어린 왕자는 잠시 조용하더니 다시 말했다.

"네가 좋은 독약을 가지고 있다고? 그러면 내가 너무 오래 아프지 않을 거라고 확신하니?"

나는 발을 멈췄다. 가슴이 찢어질 듯이 아팠지만 나는 여전히 영문을 모르고 있었다.

"이제 저리 가." 어린 왕자가 말했다. "내려가고 싶어."

그제서야 나는 돌담 밑을 내려다보곤… 펄쩍 뛰었다.

그곳에는 30초 안에 사람을 죽일 수 있는 노란 뱀 한 마리가 어린 왕자를 향해 머리를 쳐들고 있었다.

나는 권총을 꺼내려고 주머니를 뒤지며 뛰기 시작했다. 그러나 내 발소리에 뱀은 잦아드는 분수처럼 모래 속으로 스며들어 서두르지도 않고 가벼운 쇳소리를 내며 돌 틈으로 사라졌다.

나는 담 밑에 이르는 그 순간 어린 왕자를 두 팔로 품에 안았다. 그는 눈처럼 창백한 얼굴을 하고 있었다.

"어떻게 된 거야? 왜 뱀이랑 이야기를 하고 있는 거야?" 나는 따져 물었다.

나는 어린 왕자가 항상 목에 감고 있던 금빛 목도리를 풀어주었다. 나는 그의 관자놀이를 적셔주고 물을 먹여 주었다.

이제는 어린 왕자에게 감히 아무 말도 물을 수 없었다. 그는 나를 엄숙하게 바라보더니 두 팔로 내 목을 끌어안았다. 어린 왕자의 심장이 총에 맞아 죽어 가는 새처럼 뛰는 것을 느꼈다……

"아저씨가 비행기 엔진에 무엇이 고장 난 건지 알아내서 기뻐." 그가 말했다. "아저씨는 이제 집에 갈 수 있어……."

"그걸 어떻게 알았니?"

나는 뜻밖에도 비행기 수리가 성공적이어서 어린 왕자에게 알려주려고 왔었다.

그는 내 물음에는 대답도 하지 않고 이렇게 덧붙였다.

"나도 오늘 집으로 돌아가요……."

그러고는 슬픈 듯,

"훨씬 더 멀고, 훨씬 더 힘들어……."

나는 심상치 않은 일이 일어나고 있음을 느꼈다. 나는 그를 어린아이처럼 품에 끌어안고 있었지만, 내가 붙잡을 수 없는 깊은 수렁으로 어린 왕자가 곧장 떨어져 내려가고 있는 것만 같았다…….

그는 진지한 얼굴로 먼 곳을 바라보고 있었다.

"나는 아저씨가 그려준 양이 있어. 양을 위한 상자도 있고, 입마개도 있고……."

그리고 그는 쓸쓸한 미소를 지었다.

나는 오랫동안 기다렸다. 나는 어린 왕자가 조금씩 회복되고 있는 것을 느꼈다.

"얘야, 너 겁을 먹고 있구나……." 내가 말했다.

그는 물론 겁이 났다. 그러나 그는 조용히 웃었다.

"오늘 저녁이 훨씬 더 무서울 거야……."

돌이킬 수 없는 일이 일어나고 있다는 느낌에 나는 다시 온몸이 얼어붙었다. 그리고 다시는 이 웃음소리를 들을 수 없을 것만 같아서 내가 견디기 힘들어 한다는 것을 깨달았다. 어린 왕자의 웃음소리는 나에게 사막의 샘과 같았다.

"얘야, 네 웃음소리를 다시 듣고 싶구나." 내가 말했다.

그러나 그는 내게 이렇게 말했다.

"오늘 밤이면, 일 년이야. 일 년 전, 내가 지구에 떨어졌던 바로 그 자리 위에 내 별이 나타날 거야……."

"얘야, 그건 그냥 나쁜 꿈 아니니? 뱀이니, 약속 장소니, 별이니 하는 것들 말이야……."

그러나 그는 나의 질문에 답하지 않고 이렇게 말했다.

"중요한 것은 눈에 보이지 않아……."

"그래, 그렇지……."

"꽃도 마찬가지야. 아저씨가 만약 어떤 별에 있는 꽃 한 송이를 사랑한다면, 밤에 하늘만 봐도 행복할 거야. 모든 별에는 꽃이 피지⋯⋯."

"그래, 그렇지⋯⋯."

"물도 마찬가지야. 도르래랑 밧줄 때문에, 아저씨가 마시게 해준 물은 마치 음악 같았어. 아저씨도 기억나지⋯⋯. 정말 좋았어."

"그래, 그렇지⋯⋯."

"밤이면 아저씨는 별을 쳐다볼 거야. 내 별은 너무 작아서 어디에 있는지 알려줄 수가 없어. 그게 더 잘된 거야. 아저씨에게 내 별은 수많은 별 중 어느 하나가 될 테니까⋯⋯. 그러면 그 모든 별들이 아저씨 친구가 될 거야. 그리고 아저씨한테 줄 선물이 하나 있어⋯⋯."

그는 또 웃었다.

"아, 얘야, 어린 왕자! 그 웃음소리가 정말 좋구나!"

"이게 바로 내 선물이야. 우리가 마셨던 물도 그렇고⋯⋯."

"무슨 말을 하는 거니?"

"사람들에게 별이라고 해서 다 똑같은 별은 아니야. 여행자들에게는 별이 길잡이이고, 또 어떤 사람들에게는 그저 작은 빛에 불과해. 학자들에게는 별이 과제이고, 내가 만나 사업가에게 별은 재산이야. 그러나 별들은 모두 말이 없어. 아저씨는… 누구도 갖지 못한 별을 갖게 될 거야……."

"무슨 말을 하는 거니?"

"그 별들 중 어느 별에서 내가 살고 있을 테니까. 그 별들 중 어느 별에서 내가 웃고 있을 테니까. 그래서 아저씨가 밤하늘을 바라볼 때면, 모든 별들이 웃는 것으로 보일 거야……. 아저씨만 웃을 수 있는 별들을 갖게 되는 거야!"

그리고 그는 또 웃었다.

"그리고 아저씨는 슬픔이 가라앉으면(시간이 흐르면 모든 슬픔은 가라앉아) 나를 알았다는 게 기쁠 거야. 아저씨는 언제까지나 내 친구야. 아저씨는 나와 함께 웃고 싶을 거야. 그래서 가끔은 창문을 열 거야. 그러면 아저씨 친구들이 아저씨가 하늘을 올려다보며 웃는 걸 보고 깜짝 놀라겠지! 그럼 아저씨는 친구들에게 이렇게 말할 거야. '그래. 난 별을 보면 항상 웃음이 나와!' 분명 친구들은 아저씨가 미쳤다고 생각할 거야. 내가 아저씨에게 쓸데없는 장난을 친 것 같네……."

그리고 그는 또 웃었다.

"별 대신에 웃을 줄 아는 작은 방울을 한 보따리 가져다 준 거라고 생각하면 되겠는데……."

그리고 그는 또 웃었다. 이내 그는 굳은 표정을 지었다.

"오늘 밤은… 정말… 이곳에 오지 마." 어린 왕자가 말했다.

"나는 네 곁을 떠나지 않을 거야." 내가 말했다.

"내가 아파하는 것처럼 보일 거야. 마치 죽는 것처럼 보일 수도 있어. 그렇게 보일 거야. 그걸 보러 오지 마. 그럴 필요가 없어……."

"나는 네 곁을 떠나지 않을 거야."

그러나 그는 걱정스러운 얼굴이었다.

"내가 이런 말을 하는 건… 뱀 때문이기도 해. 뱀이 아저씨를 물면 안 돼. 뱀은… 심술궂은 동물이거든. 아저씨를 장난삼아 물지도 몰라……."

"나는 네 곁을 떠나지 않을 거야."

그러나 그는 무슨 생각이 났는지 안심이 되는 모양이었다.

"하긴 뱀은 두 번째 물 때는 독이 없다니까."

그날 밤 나는 그가 떠나는 것을 보지 못했다. 그는 소리 없이 내 곁에서 떠나갔다. 내가 그를 따라잡았을 때 그는 결심한 듯 빠른 걸음으로 걷고 있었다 그는 이렇게만 말했다.

"아! 아저씨 왔구나……."

그리고 그는 내 손을 잡았다. 그러나 그는 여전히 걱정스러운 듯 말했다.

"아저씨 오지 말지 그랬어. 마음이 아플 거야. 내가 죽는 것처럼 보이겠지만 정말 그런 건 아니야……."

나는 아무 말도 하지 않았다.

"알잖아… 거긴 너무 멀어. 이 몸으로는 갈 수가 없어. 너무 무거워."

나는 아무 말도 하지 않았다.

"그런데 그건 버려진 낡은 껍데기와 같은 거야. 낡은 껍데기가 슬플 건 없어……."

나는 아무 말도 하지 않았다.

그는 조금 기운이 없었다. 그러나 그는 다시 안간힘을 썼다.

"참 좋을 거야. 아저씨도 알잖아. 나도 별들을 바라볼 거야. 모든 별들이 녹슨 도르래를 가지고 있는 우물이 될 거야. 모든 별들이 나에게 신선한 물을 부어줄 거야……."

나는 아무 말도 하지 않았다.

"정말 즐거울 거야! 아저씨는 작은 방울을 5억 개 가지고 있고, 나는 샘을 5억 개나 가지고 있고……."

그리고 그도 말이 없었다. 울고 있었던 것이다…….

"여기야. 이제 혼자 가게 해줘."

그리고 그는 앉았다. 무서웠던 것이다. 그가 다시 말했다.

"알잖아… 내 꽃… 나는 내 꽃에 책임이 있어. 그리고 꽃은 너무나 약해! 너무 순진하고! 세상과 맞서 자기를 지킬 거라곤 네 개의 가시밖에 없어……."

나도 더 이상 서 있을 수가 없어서 주저앉았다. 그가 말했다.

"이제… 다 끝났어……."

그는 또 잠깐 망설이더니 일어섰다. 그는 한 걸음을 내디뎠다. 나는 움직일 수가 없었다.

그의 발목 근처에서 노란빛이 반짝였을 뿐이었다. 그는 한 순간 움직이지 않고 서있었다. 비명도 지르지도 않았다. 나무가 넘어지듯 천천히 그가 넘어졌다. 모래밭이라 소리조차 없었다.

#27

그리고 벌써 6년 전의 일이 되었다……. 나는 이 이야기를 누구에게도 하지 않았다. 나를 다시 만난 친구들은 내가 살아 돌아온 것을 보고 몹시 기뻐했다. 나는 슬펐지만 그들에겐 이 렇게 말했다. "피곤해서 그래."

이제는 슬픔이 조금 가라앉았다. 다시 말해서… 슬픔이 완전 히 사라진 것은 아니다. 그러나 나는 그가 자기 별로 돌아갔다 는 것을 알고 있다. 해가 뜰 무렵 그의 몸뚱이는 사라지고 없었 다. 그렇게 무거운 몸은 아니었는지……. 그래서 나는 밤마다 별들에게 귀 기울이기를 좋아한다. 별들은 5억 개의 작은 방울과 같다……

　그런데 엄청난 일이 일어난 것이다. 어린 왕자에게 그려 준 양의 입에 씌울 입마개에 내가 잊어버리고 가죽 끈을 달아주지 않았던 것이다! 그는 양에게 입마개를 씌워 줄 수 없었을 것이다. 그래서 나는 계속 걱정이 된다. '그의 별에 무슨 일이 일어난 것은 아닐까? 양이 꽃을 먹어버렸나……'

　때로는 이런 생각도 한다. '그럴 리가 없지! 어린 왕자는 밤마다 꽃에 유리 덮개를 씌우고 양을 주의 깊게 살필 거야……' 그러면 나는 행복해진다. 그리고 모든 별들은 상냥하게 웃는다.

　때로는 이런 생각도 한다. '어쩌다 방심할지도 몰라. 그럼 끝장이야! 어린 왕자가 어느 날 저녁 유리 덮개를 잊어버리거나 밤중에 양이 소리 없이 빠져 나오기라도 하면……' 그러면 작은 방울들은 모두 눈물로 변한다.

　이것은 거대한 수수께끼이다. 어린 왕자를 사랑하는 저와 여러분은 알지 못하는 어디에선가 본 적 없는 어떤 양 한 마리가 장미 한 송이를 먹었느냐 먹지 않았느냐에 따라 세상이 완전히 달라질 수도 있다니……

하늘을 바라보라. 그리고 자신에게 물어보라. 양이 그 꽃을 먹었을까, 먹지 않았을까? 그러면 모든 것이 얼마나 달라지는지 알게 될 것이다……

그러나 어떤 어른도 이것이 얼마나 중요한 것인지 결코 이해하지 못할 것이다!

이것은 나에게 이 세상에서 가장 사랑스럽고 가장 슬픈 풍경이다. 앞 페이지의 풍경과 같은 풍경이지만, 여러분이 똑똑히 기억할 수 있도록 다시 한 번 그렸다.
어린 왕자가 이 땅에 나타났다가 사라진 곳이 바로 이곳이다.

언젠가 아프리카 사막을 여행하게 되면 이곳을 확실히 알아볼 수 있도록 이 풍경을 자세히 보길 바란다.

그리고 이곳을 지나가게 된다면 부디 서둘러 지나치지 말고 바로 저 별 아래에서 잠시 기다리라.

그때 한 아이가 여러분에게 다가오면, 그 애가 웃고, 그 애의 머리카락이 황금빛이면, 그 애가 당신이 묻는 말에 대답하지 않으면, 그 애가 누구인지 여러분은 알 것이다. 만약 이런 일이 일어난다면, 나에게 알려 주기 바란다.

그가 돌아왔다고.